王弟殿下のお気に入り2

転生しても天敵から逃げられないようです!?

新山サホ

23530

角川ビーンズ文庫

CONTENTS

クライド・ウォン・トルファ・サージェント
現国王の弟。とある理由からアシュリーを婚約者にする。
勇者そっくりの美しい容姿。
アシュリー・エル・ウォルレット
勇者の子孫が王族として治めるトルファ国に転生してしまった伯爵令嬢。
前世の記憶を持つ。
《前世》
下っ端魔族の黒ウサギ。
勇者が率いる兵に殺された。
勇者怖い。無理。
王弟殿下のお気に入り
転生しても天敵から逃げられないようです!?
CHARACTERS

ジャンヌ

宮殿から派遣された魔術師。
アシュリーを敵視するが
実は○○○が大好き。

ハンク

宮殿から派遣された魔術師。
ノリのいい性格でお調子者。

黒狼

魔王の側近だった魔獣。
六百年前の戦争で
命を落としたと思われていたが——?

ユーリ

クライドの弟。
王族らしからぬ
クライドの言動に反感を持つ。

イラスト／comet

ガーデンパーティーと五年前

夢を見た。前世の夢だ。

伯爵令嬢《はくしゃくれいじょう》アシュリーの転生前の姿である黒ウサギは、魔国《まこく》の土に囲まれた小さな巣穴で人参《にんじん》にかぶりついていた。

自生ゆえやせ細った人参だが、紫色《むらさきいろ》の目を細めて夢中で口に運ぶ。好物なのだ。美味《おい》しくて仕方ない。幸せいっぱいで、長い二本の耳がぴんと立っているのがわかった。

半分ほど食べてから、さて残りを明日《あす》に取っておこうと考えた。後ろ足で巣穴の端《はし》に押しやり、背を向ける。少し眠《ねむ》ろうと体を丸めて目を閉じた。

ところがちっとも眠れない。原因はわかっている。取っておいた半分の人参が気になって仕方ないからだ。

食べたい。いや駄目《だめ》だ、明日のために取っておくのだ。でも食べたい。いやいや我慢《がまん》しよう——少しならいいんじゃないかな？

残りを夢中で食べ進める。気がつくと人参は全《すべ》てなくなっていて、黒ウサギは愕然《がくぜん》としてその場に突《つ》っ伏《ぷ》した——。

(昔の夢だわ)

サージェント家の図書室で目を覚ましたアシュリーは、しばらくぼーっとしていた。今世と前世の記憶《きおく》が頭の中で混じり合い、ごっちゃになっている。

書架《しょか》に囲まれた図書室は、窓にカーテンが引かれているため薄暗《うすぐら》い。それでもカーテンの隙間《すきま》から茜色《あかねいろ》の夕日がほんの少し差し込《こ》んでいて、もう夕方だとわかった。

(本を読んでいたらいつの間にか眠っていたのね)

この程《ほど》よい柔《やわ》らかさのソファーと静かで薄暗い室内が、眠気《ねむけ》を催《もよお》す要因だと思う。

「おはよう」

不意に左のほうから笑いを含《ふく》んだ声がかかって驚《おどろ》いた。恐《おそ》る恐るそちらを向くと、足を組んで椅子《いす》に座り、その膝《ひざ》に頬杖《ほおづえ》をついた人物がこちらを見つめていた。

「クライド様……!」

ここの当主で王弟、そしてアシュリーの婚約者《こんやくしゃ》でもあるクライドだ。

均斉《きんせい》の取れた長身に、まるで彫像《ちょうぞう》のように整った顔立ち。面白《おもしろ》そうにアシュリーを見つめているが、今はその顔にホッとした。

(進歩したなあ)

クライドの鮮《あざ》やかな金の髪《かみ》と緑色の目を見てもギョッとしなくなったからだ。

前世が魔族だった記憶を持つアシュリーは、魔族を滅《ほろ》ぼした勇者の血を引くクライドが以前は怖《こわ》かった。そんな彼に婚約者に選ばれたから、それはもう戦々恐々《せんせんきょうきょう》の日々だった。

けれどクライドが王家に逆らってまで守ろうとした魔獣《まじゅう》——黒狼《こくろう》を巡《めぐ》り、アシュリーはクライドが勇者とは全く違《ちが》う人だとわかった。

今ではクライドの傍《そば》が何より落ち着く場所である。婚約者になれてよかった。ここにいたいと思えている。

「クライド様、いつからそこにいたんですか？」

「少し前からかな」

「……起こしてくださいよ」

「とても気持ちよさそうに寝《ね》ていたから」

そんな風に言われたら返す言葉もない。けれどやはり起こしてくれればよかったのに。もしやアシュリーが目を覚ますまでずっと眺《なが》めていたのか。そうに違いない。

誰《だれ》もが認める美形のクライドと違い、アシュリーは寝姿に自信なんてない。

子どもの頃《ころ》、実家でたまに妹と一緒《いっしょ》に寝た。母やメイドにおやすみなさいを言って、皆《みな》が寝静まった頃にこっそりと部屋を抜《ぬ》け出してどちらかの寝室《しんしつ》へ行き、ベッドへもぐりこむ。子どもの他愛ない遊びだったけれど、それがとてつもなく楽しかった。

その時に妹から不思議そうに言われたのだ。

『お姉様ったら寝てる間中、黒狐《くろぎつね》が追いかけてくる！　ってうなされてたわよ。狐に追い回されて怖いの？』

『昨日はオオバコの葉っぱが美味しいとか言いながら、ずっとふにゃふにゃ笑ってたわよ。毎回何の夢を見てるの？』

前世の夢だとは言えず、

『ふにゃふにゃなんておかしな笑い方してないし……』

と、返すだけで精一杯《せいいっぱい》だった——。

「大丈夫《だいじょうぶ》。ずっと見ていたいくらい可愛《かわい》い寝顔だったよ」

クライドがにっこりと笑って言った。可愛いとの言葉に胸が高鳴る。しかし何よりも、

（どうして私の考えていることがわかったの？）

全く口に出していないのに。

（これまでにもこういうことがちょくちょくあったのよね。どうしてなんだろう？）

やはり多大な魔力を持っていた勇者の子孫だからだろうか。他人の考えが読み取れるのか？　怖ろしい。

「わかるのはアシュリーのことだけだよ。何せ愛する婚約者だからね」

（……本当に？　それだけでここまでわかるものなの？）

やはり疑わしい。ソファーで上半身を起こしたまま怪《あや》しげな視線を向けると、クライドが噴《ふ》き出した。

「アシュリーは思ってることがすぐ態度に出るね。わかりやすい」

(やっぱり)

落胆《らくたん》したこともありムッとした。クライドは楽しそうに笑っている。

いつまでも笑われているので、ムッとしたまま無言でソファーから下りようとすると、

(あれ？　読みかけの本がなくなってるわ)

膝の上にあったはずの書物がなくなっていて、代わりに薄《うす》い毛布がかけられているではないか。気持ちよく眠るアシュリーを起こさないようにクライドがしてくれたのだろう。その証拠《しょうこ》に、クライドが座る丸椅子の横の小さな棚《たな》の上にその書物が置いてある。

(……たまに意地悪だけど優《やさ》しい人なのよね)

ソファーから下りて微笑《ほほえ》みかけた途端《とたん》、椅子に座ったままのクライドに腰《こし》を引き寄せられて驚いた。

何とか悲鳴を呑《の》み込み抗議《こうぎ》しようとしたが、クライドはアシュリーを強く抱《だ》きしめたまま、右手を取りその甲《こう》に口づけた。その間も決して腰にかかる手の力は緩《ゆる》まない。

(確信犯だわ)

わかっていても心臓が跳《は》ね上がる。精一杯の抵抗《ていこう》で何でもない振《ふ》りをしようとすると、

クライドが笑みを浮《う》かべた。愛《いと》おしさのこもった笑み。

恥《は》ずかしくて落ち着かないけれど、この顔を見るのは好きだ。それにクライドの腕《うで》の温《ぬく》もりも。

アシュリーはそっと目を閉じた。

結婚式《けっこんしき》は一年後の花咲《はなさき》の時季に決まった。婚約しておよそ一年が経《た》つのだからもっと早くてもいいのかもしれないが、全てのことに慣れるまで時間のかかるアシュリーを気遣《きづか》ってくれたゆえの決定だとわかっている。

それに今もずっとアシュリーはサージェント家にいる。婚約当初、アシュリーがサージェント家に長く滞在《たいざい》していたのは、玉の輿《こし》婚万歳《ばんざい》！　絶対に離《はな》さないのよ！　という家族……主に母からの要望もあれど——黒狼のことがあったからだった。

かつての魔族仲間である黒狼をなんとしても目覚めさせたかったから。

黒狼は目覚め、希望通りに魔王の魂《たましい》が導く地へ行くことができた。今はもうこの世にいないだろう。

そう思うと悲しくてたまらないけれど、黒狼は長年の望みを叶《かな》えることができたのだからこれでよかったのだ。思い出して涙《なみだ》が出そうになるたびそう考えることにしている。

（魔術師のジャンヌさんとハンクさんとは、その過程で仲良くなったのよね）

一緒に黒狼の世話をしていたジャンヌは、今もしょっちゅうアシュリーの好物の人参《にんじん》クッキーを焼いて持ってきてくれる。ハンクはそれについてくる。二人がやってくると場が一気ににぎやかになる。

そして優しいサージェント家の使用人たちと、何よりクライド。

彼らがいるからここはとても居心地《いごこち》がいい。

両親と妹のいる実家も大好きでよく帰省はするけれど、結局ここに戻《もど》ってきてしまうのはそれゆえかもしれない。

図書室の扉《とびら》がノックされた。

「アシュリー様、起きていらっしゃいますか？　そろそろ夕食のお時間ですが」

扉越《ご》しに聞こえたのはハウスメイド長のロザリーの声だ。

「わかりました！」

この状況《じょうきょう》を見られては大変だ。婚約しているといえど、恥ずかしくてどうにかなってしまう。急いで離れようとしたが、クライドにがっちり摑《つか》まれた腰はちっとも離れない。

それよりも何よりロザリーに伝えなければいけないことがある。必死に押し返しながら、慌《あわ》てて扉に向かって付け加えた。

「それと、あの、私、とっくに起きてますから……！」

思えば図書室へきたのは昼食が終わってすぐだ。ロザリーはそれを知っているから、途《と》中《ちゅう》で様子を見にきたのかもしれない。そこですやすやと眠《ねむ》るアシュリーを見て微笑ましく思いながら図書室を出たのだろう。

（ここへきた当初はちゃんと本を読んでいたのよ……！）

だから午後中ずっと寝ていたなんて思われたくない。そんなのほぼ一日寝ていることになるではないか。ところが、

「もちろん承知しております」

と、返ってきた声は若干震《じゃっかんふる》えていた。

（ロザリーさん、笑ってるわ⁉）

何たることとだ。思えばロザリーには、寝室で布団《ふとん》にすっぽりとくるまってごろごろする姿を何度も見られている。名誉《めいよ》のために言えば、あれも寝てはいないのだ。ただ部屋の明かりを消して、薄暗《うすぐら》く狭《せま》く静かな場所でじっとしているのがアシュリーの何よりの幸せなだけで。

（ちゃんと起きてるのよ。確かに今日は寝ていたけど、でも午後中ずっとじゃないし、それ以外はちゃんと起きて活動しているし！）

声を大にして言いたい。

ふと気がつくと、胸の下あたりに押しつけられたクライドの頭も震えていた。

（クライド様も笑《わら》ってるわ……）

恥ずかしさと悔しさが交差する。何とか離れようとさらに力を込《こ》めて押し戻すけれど、

やはりびくともしない。

　クライドが笑いながらアシュリーを見上げた。形のいい切れ長の目で、またも愛《いと》おしそうに見つめてくる。そしてつぶやいた。

「本当にアシュリーといると疲《つか》れを忘れられるよ」

　王弟としての公務でここ何日か宮殿《きゅうでん》に通い詰《つ》めていたのだ。そして帰ってきてからはサージェント家当主としての書類仕事に追われていた。

「……クライド様、宮殿でのお仕事は終わったんですか？」

「終わったよ。書類はまだ残っているけど、あれは次々と持ち込まれるしその都度さばいていくしかないからね」

「よかったです。疲れた顔をしていたから心配でした」

　朝食はずっと一緒にとっていたけれどそれでもだ。安心して肩《かた》を下ろすと、クライドと目が合った。その目にいたずらっぽい色が宿る。

　クライドが笑顔のままアシュリーのふんわりとした黒髪《くろかみ》を一筋手に取り、その先に口づけた。その間もアシュリーの顔から決して目をそらさないので激しく落ち着かない。ばれないようにそろそろと顔を背《そむ》けた。途端《とたん》に、

「アシュリー、こっちを向いて」

　ばれていた。そして何てことを言うんだ。あえて顔を背けたままでいると、

「アシュリー」

と、もう一度呼ばれた。

（うう……）

恥ずかしくて応《こた》えることはできないが、物理的にこの状況から逃《に》げ出すこともできない。どちらにしろクライドの包囲網《ほういもう》にさらに強く搦《から》めとられるだけだ。

どうしていいかわからず顔を背けたままギュッと目を閉じると、右頰《みぎほお》に柔《やわ》らかい感触《かんしょく》があった。

頰にキスされたとわかり恐《おそ》る恐る目を開けると、目の前にクライドの顔があった。

恥ずかしさから顔が赤くなったのが自分でわかる。そんなに間近でまじまじと見つめないで欲しい。

どうすればいいかわからずまたも顔を背けようとした途端、先ほどよりも強く頰にキスをされた。気のせいか、抱きしめる腕の力も強くなっている。

「──結婚式をもっと早めればよかったな」

ようやく唇《くちびる》が離れたと思ったら、残念そうなクライドのつぶやきが聞こえた。


食堂で夕食をとる。サージェント家の食事は今日も美味《おい》しい。

ちょうど食べ終えたところへ、執事《しつじ》のフェルナンが現れた。

「失礼いたします。実は国王陛下より封書《ふうしょ》が届きまして。招待状のようでございます」

「また面倒《めんどう》くさいものが届いたな」

クライドが顔をしかめた。いくら実兄《じっけい》といえど、国王からの招待を「面倒くさい」なんて言えるのはクライドくらいである。

アシュリーも一度会ったことがあるが、クライドとはどこかぎこちないというか見えない壁《かべ》のようなものがあるように感じた。それが黒狼《こくろう》の件を終えて若干《じゃっかん》改善したように感じていたのだが。

クライドが渋々《しぶしぶ》封書を開く。

「――宮殿で国王夫妻主催《しゅさい》のガーデンパーティーを開くそうだ。アシュリーと一緒《いっしょ》に参加してくれと」

（ガーデンパーティー……）

咄嗟《とっさ》に嫌《いや》だなと思った。国王やクライドの弟たちも参加するだろう。

勇者の子孫である。兄である国王と、クライドのすぐ下の弟ユーリは見たことがあるが、二人とも勇者と同じ鮮やかな金の髪と緑色の目をしていた。

クライドのそれには慣れても兄弟たちとなれば話は別だ。

（宮殿にはジャンヌさんとハンクさんがいるけど、パーティーにはこないだろうし）

それに今までは黒狼のことがあり、社交界も含《ふく》めてクライドはほとんど人前に出なかった。だからアシュリーも含めて国民のほとんどは、王室からの発表通り幼い頃《ころ》から病弱で宮殿にこもっていると思っていた。

元々、王室関係者たちは黒狼に対する穏健《おんけん》派と過激派にわかれており、クライドは魔族《まぞく》の黒狼をかばう異端児《いたんじ》として、特に過激派たちから良く思われていなかった。

けれど黒狼の存在がこの世から消え、その経緯《けいい》を報告する公聴会《こうちょうかい》も終わり、クライドを取り巻く環境《かんきょう》は変わってきている。

現在でも従来の過激派たちはクライドが公務に顔を出すことに難色を示しているが、多数派である穏健派はクライドに王弟として表舞台《おもてぶたい》に立つことを望んでいる。そのため、クライドへの公務の依頼《いらい》は徐々《じょじょ》に増えてきた。

サージェント家当主としての立場は変わらないけれど、王弟としても交流の幅《はば》を広げる。今回のパーティーへの招待は、そういった意味もこめられているのだろう。

クライドは心底面倒くさそうだし、アシュリーも嫌だ。けれど国王夫妻からの招待である。不用意には断れない。

それでも国王からだけならクライドはのらりくらりと上手《うま》く断るのだろうが、王妃《おうひ》もともに主催であるなら義理から断れない。

（仕方ないわ……）

誰《だれ》もが諸手《もろて》を挙げて喜ぶ招待状を前に、アシュリーは深いため息を吐《つ》いた。

（とりあえず一日、いいえ半日だけ何とか耐《た》えよう……！）


パーティーの日がやってきた。

白のチュールレースで覆《おお》われたクリーム色のティアードスカート。裾《すそ》と胸元《むなもと》、そして短い袖《そで》には真珠《しんじゅ》で作った小さな花があしらわれている。緩《ゆる》くハーフアップにした黒髪には真珠とレースがついた銀の飾《かざ》り。

全《すべ》てクライドからの贈《おく》り物である。

「よく似合ってるよ」

クライドに優《やさ》しく微笑《ほほえ》まれて、憂鬱《ゆううつ》さが少しだけ晴れた。

馬車で宮殿へ向かう。錬鉄《れんてつ》の門を通ってから並木道を抜《ぬ》け、さらにいくつかの門を通る。城壁《じょうへき》を抜けて宮殿の本棟《ほんとう》に一番近い門前は、招待客たちの馬車でいっぱいだ。

そこからパーティー会場である庭園まで石畳《いしだたみ》のアプローチを歩いていると、

「ねえ、あの方がクライド殿下《でんか》でしょう？　お噂《うわさ》通り、素敵《すてき》な方ね！」

「お体が弱いと耳にしたけど、堂々としていらしてとてもそんな風には見えないわ」

すれ違《ちが》う女性客の感嘆《かんたん》の声が聞こえてきた。そして、

「隣《となり》におられるのが婚約者《こんやくしゃ》のアシュリー様よね？　初めて拝見したけど、意外に普通《ふつう》ね」

「本当よね。今まで女性に興味を示さなかったクライド殿下を射止めたと聞いたから、どれほど美しい方かと期待していたんだけど。何というか小柄《こがら》だし、本当に普通の方よね」

（わかっているけど落ち込むわ……）

これほど「普通」と連呼されるとやはり傷つく。美形のクライドと釣《つ》り合わないのはわかっているし、事実だと自分でも思うけれど。

隣を歩くクライドが不意に立ち止まった。

つられて顔を上げると、クライドが彼女たちに視線を向けていた。その横顔は怖《こわ》いほど冷たい。クライドが口を開いた時、

「ひゃあっ！」

背後から何かがぶつかって、アシュリーはよろめいた。

「嫌だ、申し訳ありません！」

何だろうと振《ふ》り返ると、若い女性が必死に頭を下げていた。細身の体に、長袖の濃《こ》い青色のドレスをまとっている。

「本当に申し訳ありません！　母を捜《さが》していて前を見ていませんでした。お怪我《けが》はありませんか？」

「いえ、大丈夫《だいじょうぶ》ですよ」

声が小さくて繊細《せんさい》そうな印象である。心底申し訳なさそうな顔で何度も頭を下げるので、茶色に近い金の髪《かみ》についた小さな飾りがそのたびにゆらゆらと揺《ゆ》れた。

（そんなに謝らなくていいのに）

必死に頭を下げるので、逆に申し訳なく思えてくる。怪我も何も軽くぶつかっただけなのだ。

クライドが驚《おどろ》いた声を出す。

「マリベルじゃないか。久しぶりだね」

「クライド殿下……！　お久しぶりです。今日このパーティーにいらっしゃると聞いて、お会いできるかもしれないと楽しみにしておりました」

「お父上のハールマン公爵《こうしゃく》とは宮殿《きゅうでん》でたびたび顔を合わせるよ。ハールマン夫人もお元気かな？」

「ええ、とても。母も殿下に会いたがっております。またいつでもいらしてください」

「そうさせてもらうよ」

（公爵家のご令嬢《れいじょう》なの⁉）

アシュリーは慌《あわ》てて「初めまして。アシュリー・エル・ウォルレットと申します」と挨《あい》拶《さつ》した。途端《とたん》にマリベルの顔がこわばった。

「――存じております。クライド殿下の婚約者の方でしょう？　一緒にいらっしゃるのでそうではないかと思いました」

(突然《とつぜん》どうしたのかしら？)

先ほどまでと違い、表情も声も硬《かた》い。理由がわからず戸惑《とまど》うアシュリーにクライドが言う。

「彼女はハールマン公爵の長女マリベル。俺たちの母親同士が姉妹で、マリベルは従妹《いとこ》に当たるんだ。両親を早くに亡《な》くした俺たち兄弟に、ハールマン夫妻はとてもよくしてくれた。だからマリベルのことも妹のように思っているよ」

両親を早くに亡くしたと言う言葉にしんみりしてから、サッと血の気が引いた。

(ということは、この方も勇者の血縁《けつえん》なのね⁉)

だが母親同士が姉妹ということは勇者の血はひいていないのだ。髪も暗い金髪《きんぱつ》で目の色も違う。勇者と違って女性ということもあり全く怖さを感じない。

(よかったわ……！)

安堵《あんど》して気が抜けるアシュリーから、マリベルがそっと目をそらした。

「子どもの頃よく一緒《いっしょ》に遊んだから妹のように思っているよ。アシュリーと同じ年だ」

「そうなんですね。よろしくお願いします」

同じ年だと思うと親近感のようなものが湧《わ》く。親しみを込《こ》めて微笑みかけるアシュリー

に、マリベルは頑《かたく》なに視線を合わせない。どうしたのかと不思議に思ったけれど、

(それより問題は、クライド様のご兄弟のほうよね)

何しろ勇者の子孫である。国王とは以前に一度話したことがあるけれど、黒狼《こくろう》のこともあり威圧感《いあつかん》があってとても怖かった。そして何よりその見た目だけで背筋がゾクッとしてしまう。

ユーリもそうだったし、末っ子のジョッシュも同じだろう。どうしよう、子孫ばかりだ。

(私、慣れることができるかしら……？)

青空の下、不安が襲《おそ》った。

「マリベルは誰ときたんだ？　お父上か？」

「両親とまいりました。国王陛下にご招待いただいたので。それと——リラも一緒です」

(リラ？　誰のことかしら？)

含みのある口調が引っかかった。疑問に思い顔を上げれば、クライドが目を見開いていた。

(どうして驚いているの？)

リラという女性はただの知り合いではないのか？　アシュリーの不思議そうな視線に気づいたのか、クライドが急いで笑みを浮《う》かべて言う。

「リラというのはコートル侯爵《こうしゃく》の長女だよ。マリベルの友人で、五年前まではマリベルが

宮殿にくる時よくついてきていたんだ。だから年の近い俺やユーリにとっては幼馴染《おさななじみ》のようなものだね」

「幼馴染！　いいですね」

昔から知っているということは、性格もお互《たが》いに把握《はあく》しているのだろう。アシュリーが薄暗《うすぐら》い部屋で毛布にくるまってごろごろしようがびっくりしないなんて最高ではないか。

妄想《もうそう》するアシュリーにマリベルが硬い声で告げる。

「リラは昔から美人で明るくて、私の自慢《じまん》の友人です。それにクライド殿下ととても仲がよかったんです」

「えっ？」

（とても仲がよかったんだ……）

初めて聞く。幼馴染なのだから当然だろうと思うのに、リラが美人で明るいというアシュリーにないものを持っている事実が胸の内にコツンと当たった。

マリベルがクライドにさらに何か言いたげに口を開いたが、躊躇《ちゅうちょ》したように口を閉じた。

そして、

「それでは私はこれで。失礼いたします」

マリベルが硬い顔つきのまま、それでも丁寧《ていねい》に礼をして去っていった。アシュリーは慌てて頭を下げて見送った。

しばらく歩いて振り返ったマリベルが、

「リラが『クライド殿下の婚約者は、そこらにいるような平凡《へいぼん》な女性だと聞いたわ。だから私、クライド殿下を盗《と》っちゃおうかなと思ってるの。だって元々、殿下のご結婚相手は私だったんだから』と言っていたこと、殿下に伝えなくてよかったわよね……？」

と、暗い顔でつぶやいた――。

広大な庭園は手前に噴水《ふんすい》や芝生《しばふ》、奥に温室のあるフラワーゾーンという造りになっている。

手前の芝生ゾーンでは、幾何学《きかがく》模様に刈《か》られた芝生とプリペットの生垣《いけがき》で左右が区切られ、中心で大理石の銅像に囲まれた噴水が多量の水を噴《ふ》き上げる。

生垣の前には長テーブルがあり、一口サイズに切ってある焼き菓子《がし》や小さなカップに入ったゼリーやプディングなどが並んでいた。

そして芝生のあちらこちらにテーブルと椅子《いす》が置いてあり、着飾《きかざ》った紳士淑女《しんししゅくじょ》があちらこちらで輪になり談笑《だんしょう》している。

アシュリーたちが歩いていくと途端に彼らの視線を感じた。

視界に入ったものに心臓が跳《は》ね上がる。

(嘘《うそ》……)

(予想もしてなかったわ。どうしてこんなにたくさんいるの……？)

冷や汗《あせ》が背中を流れ落ちた。これはまぎれもない——恐怖《きょうふ》だ。

「アシュリー、どうした？　気分でも悪いのか？」

心配そうに覗《のぞ》き込むクライドに、アシュリーは震《ふる》えながらふるふると首を左右に振った。

「いえ、そうではなく……たくさんいるので」

「——招待客がということ？」

「違《ちが》います。人ではなくて、いっ、犬が……！」

ゴールデンレトリバーやシェパードなどの大型犬から、ヨークシャーテリアやトイプードル、パピヨンなどの小型犬まで、色も種類も様々な犬が三十匹《ぴき》ほど庭園にいた。

招待客たちの飼い犬のようで、首輪とリードをつけて彼らの膝《ひざ》の上や足元におとなしく座っている。けれど友人同士で行うホームパーティーならまだしも、このような公式の場にペットを連れてくるとは思っていなかった。

気配を感じ取ったのか犬たちが顔を上げた。一斉《いっせい》にアシュリーを見る。そして——。

「キャンキャン！」

「ウオンウオン！」

と、それまで静かだったのに一斉に吠《ほ》え始めた。

（ひい――っ!!）

鳴き声が頭の中で反響《はんきょう》し、恐怖のあまりアシュリーは固まった。

昔からなぜか、犬に会うたび吠えられてしまう。一緒にいた家族や友人は吠えられないのにアシュリーだけが、だ。

前世が草食動物の黒ウサギだったせいだとは思いたくないけれど、何かしら気配のようなものを感じるのか声高《こわだか》に威嚇《いかく》されてしまう。格下、もしくは獲物《えもの》だと思われるのか。アシュリーは何もしていないのに理不尽極《りふじんきわ》まりない。

（子どもの頃《ころ》、お母様の知り合いが飼うチワワにも何度も吠えられたわ……）

嫌《いや》な思い出だ。耳元にリボンをつけて、濡《ぬ》れたような目で見上げてくる実に愛らしいチワワだった。アシュリーはもちろん、一緒にいた母も幼い妹も頬《ほお》を緩《ゆる》めていた。

それが突然、アシュリーに対してだけ豹変《ひょうへん》したのだ。

目を見開いて唸《うな》りながら、全力で吠えるチワワ。アシュリーは怖《こわ》くて、頭を抱《かか》えて怯《おび》えるしかなかった。それでさらに自信を得たのか、チワワはアシュリーの周りをぐるぐる回りながら、追い込むようにさらに勢いよく吠えてきた。

パニックになったけれど、母も知り合いも当惑《とうわく》するばかりだった。アシュリーはまだ十歳の子どもだったが、チワワが両手におさまる超小型犬《ちょうこがた》だったせいもあるだろう。

『こっ、こら、やめなさい！』

諌《いさ》める知り合いに、チワワは「解《げ》せない」という顔をしていたっけ。そんな顔をしたいのはむしろアシュリーのほうだった。

『本当にごめんなさいね。普段《ふだん》はとてもおとなしい子で、滅多《めった》に人に対して吠えないんだけど……』

困惑《こんわく》しながらも知り合いは丁寧に謝ってくれた。だがアシュリーは泣きながら逃《に》げ帰った——。


そういったことがそれからも何度もあり、犬は苦手だった。悠然《ゆうぜん》と構えていてアシュリーを取るに足らない者と判断するのか、あまり吠えてこない大型犬はまだいい。だが出会うなり全力で吠えてくる小型犬は無理である。

しかし今、この状況《じょうきょう》に一番驚《おどろ》いているのは飼い主たちだろう。王弟の婚約者《こんやくしゃ》に飼い犬が吠えまくるという失礼極まりない状況だから当然である。

「突然《とつぜん》どうしたの⁉　おとなしくしなさい！　申し訳ありません、アシュリー様！」

「本当に何て失礼なことを……こら、吠えるのをやめなさいったら！　いつもはおとなしい子なのに一体どうしちゃったの⁉」

「非礼をお詫《わ》びいたします！　お前、どうしてしまったんだ？　人に吠えるなんて初めてじゃないか……」

興奮する犬を両腕《りょううで》で抱え込んだり、短いリードを必死に手繰《たぐ》り寄せたりしながら謝罪する。

しかし怖いものは怖いのだ。騒然《そうぜん》とする庭園から、アシュリーはクライドに肩《かた》を抱《だ》かれて脱出《だっしゅつ》した。


庭園から少し離《はな》れた半屋外の回廊《かいろう》、そこに置いてあるベンチにアシュリーは崩《くず》れ落ちるように座った。

「大丈夫《だいじょうぶ》か？　気分は？」

クライドが冷たい水の入ったコップを手渡《てわた》し、労《いたわ》るように背中を撫《な》でてくれる。

「犬が苦手だったんだな。知らなかったよ。ごめんね」

苦手というか、犬のほうが勝手に威嚇してくるのだ。

「戴冠式《たいかんしき》や舞踏会《ぶとうかい》は違うけど、前々代の国王が犬好きなこともあってガーデンパーティーには飼い犬を連れてくるのが慣例のようになってるんだ。まあ猟犬《りょうけん》や番犬ではなく、あくまでペットとして飼っているものだけだけどね」

知らなかった。

元々、飼い犬といえば貴族の男性が飼う猟犬が主だった。それが今は貴族の奥方や令嬢《れいじょう》が愛玩《あいがん》動物として飼うことも増えてきた。そのため小さくて愛らしい小型犬などが、国内で繁殖《はんしょく》されたり他国から輸入されたりしている。

「もう帰ろうか。後から兄上と義姉《あね》上にお詫びと挨拶《あいさつ》文を届けさせるから」

そうしてくれたらとてもありがたい。精神力を使い果たしたこの状況で勇者の子孫に会うとなれば倒《たお》れてしまいそうだ。

全力で頷《うなず》くアシュリーに、クライドが笑って手を差し出した。

その時だ。先ほどまでいたパーティー会場のほうから悲鳴が聞こえた。続いて物が倒れる音やぶつかりあう音。風がこちら向きに吹《ふ》いているせいか、騒然としている様子がよく伝わってくる。

「何事ですか⁉」

先ほどまで、アシュリーが吠えられた以外は和《なご》やかな雰囲気《ふんいき》だったのに。

「アシュリーはここにいるんだ。いいね？」

クライドが真剣《しんけん》な顔で言い、素早《すばや》く踵《きびす》を返した。すると会場のほうから白くて小さい毛玉のようなものがこちらに向かってきた。

（何なの？）

目を凝《こ》らして見ると――ポメラニアンだ。白いポメラニアン。つまり犬が全力で走ってくる。

（ひい――っ！）

なんてことだ。先ほど吠えてきた犬のうちの一匹だろうか。まさかアシュリーを獲物と勘違《かんちが》いしてここまで追いかけてきたのか。

（私は獲物じゃないわ――っ！）

脱兎《だっと》のごとく逃げ出そうとして気がついた。

（あのポメラニアン、様子がおかしくない？）

ポメラニアンといえば小さな耳と黒いつぶらな目、細く短い四本足にくるんと巻いた尻《しっ》尾《ぽ》。両手のひらにのるほどの小さな体をふわふわの毛が覆《おお》っている、見ているだけで癒《いや》されるものだ。

アシュリーは苦手ゆえそうは思えないけれど、愛らしい外見をしていることは認める。それが歯と歯茎《はぐき》までむき出しにして唾《つば》を飛ばし、唸り声を上げながら全力で走って向かってくるのだ。光の加減か、ギラギラと光る両目が青く光っているように見える。

「いやああ――っ!!」

淑女《しゅくじょ》にあるまじき叫《さけ》び声が出た。ただでさえ犬が怖いのに、あれではもう恐怖《きょうふ》そのものである。逃げたいのに今度は足がすくんで動かない。

(嘘《うそ》……動いて、私の足！)

心臓がギュゥッと縮まる感じがした。

ポメラニアンが地を蹴《け》り、飛びかかってきた。クライドがかばうようにアシュリーの前に出て素早く呪文《じゅもん》を唱える。

ポメラニアンの体が宙でぴたりと止まり、四肢《しし》から力が抜《ぬ》けてドサリと地面に落ちた。横たわったまま眠《ねむ》っている。クライドの魔法《まほう》だ。

「アシュリー、大丈夫か⁉」

「はっ、はい……」

(助かったのね)

安堵《あんど》のあまり力が抜ける。と、クライドに抱《だ》きしめられて頭を撫でられた。その安心させるような優《やさ》しい手つきに、体の内にこもった恐怖が徐々《じょじょ》に薄《うす》れていく。

クライドのおかげだ。この人が婚約者で本当によかった。

「安心したよ。――さてと、この犬は一体どうしたんだ？」

地面に横たわって眠るポメラニアンは、普通《ふつう》の可愛らしい飼い犬である。先ほどの恐《おそ》ろしさは欠片《かけら》もない。しかし宝石の埋《う》め込まれた豪華《ごうか》な首輪はつけているものの、そこからつながる革《かわ》のリードが途中《とちゅう》でちぎれていた。

「まさかリードを噛《か》みちぎったのか？」

クライドが驚いたような声を出す。それもそのはず、ちぎれた部分は確かに歯型の跡《あと》がついていたが、リードは一般《いっぱん》の物より細めだがしっかりした作りで、小型犬の力でどうにかできるような物ではない。

「パニック状態――だったのか？　それとも何かの病気か？」

眉根《まゆね》を寄せてつぶやくクライドの後ろで、アシュリーはそろそろと後ずさった。横たわって眠るポメラニアンから怖くて顔を背《そむ》けようとして、

（あれ？）

何か違和感《いわかん》のようなものを覚えた。

会場のほうから、

「大丈夫ですか!?　おい、あのポメラニアンを捜《さが》せ！」

「あっちへ行ったようだぞ！」

と、ざわついた声が聞こえた。宮殿《きゅうでん》の兵士たちだろう。クライドが立ち上がった。

「兵士を呼んでこよう。アシュリーも念のために一緒《いっしょ》に――」

「待ってください」

「どうしたの？　近づかないほうがいいよ」

「そうなんですけど、その犬、何か違《ちが》うというか……」

どこかと聞かれたらわからないけれど違和感のようなものを覚えるのだ。というよりは

懐《なつ》かしい感じを――。

その正体を確かめたくてさらに一歩近づいた。眉根を寄せたクライドが、それでも守るようにすぐ隣《となり》にくる。

眠るポメラニアンは普通の愛らしい小型犬にしか見えない。しかし――。

「爪《つめ》が青いですよ！」

毛に覆われていてよく見えなかったが、爪全体が真っ青だ。前足と後ろ足、計十八本全《すべ》ての爪が綺麗《きれい》に塗《ぬ》られたように青い。

ポメラニアンの脇《わき》に片膝《かたひざ》をついたクライドが、いぶかしげにつぶやいた。

「本当だ。病気か？　それともそういう体質なのか？　それに足の割には爪が大きいな。しかも鋭《するど》い」

(青い爪……見覚えがある気がする。でも犬は苦手だから近づいたことはないし。一体どこで見たの？)

クライドが指でふわふわの毛を掻《か》き分けた。皮膚《ひふ》は綺麗なピンク色で健康そうだ。小さな三角の耳も柔《やわ》らかそうな頭も、特に変わったところはない。

しかしクライドが口元を確かめようと、ポメラニアンの口を指でこじ開けたその時、見えたものにハッとした。

「歯も青いですよ！　それに鋭いというか、まるで小さな牙《きば》に見えます」

前歯も奥歯も、それに犬歯も全《すべ》ての歯が根元から青く染まっている。そして犬歯が異様に尖《とが》っているのだ。

（思い出したわ……）

愕然《がくぜん》とした。どこで見た覚えがあるのかわかったからだ。青くて鋭い爪と歯をもつもの。それは――。

（黒犬さん……）

かつて魔国で中級魔族だった黒犬。真っ黒の体に、青い爪と牙を持っていた。そして同じ色の目。

黒犬の外見はトルファ国にもいる中型犬のウィペットに似ていた。体長五十センチほど。たるみのない体つきに、短く滑《なめ》らかな黒い毛としなやかな四本足。

見た目は敏捷《びんしょう》そうで事実足も速かったけれど、性格はおっとりマイペースで黒ウサギたちのような下級魔族に興味を示さなかった。黒狐《くろぎつね》たちのように意地悪をしてくることもなかったので黒ウサギは割と黒犬たちが好きだった。

そういう記憶《きおく》もあり、今世で不用意に母の知り合いが飼うチワワに寄っていってひどい目に遭《あ》ったのだ。

（さっきこのポメラニアンが飛びかかってきた時、両目が青く見えたわ。あれは光の加減じゃなくて目の色自体が青いということ!?）

慌《あわ》てて、眠るポメラニアンのまぶたを上げてみた。

苦手な犬に自ら触《ふ》れたアシュリーにクライドが驚《おどろ》いた顔をしたが、それどころではない。まん丸の目は確かに青い。それにあの凶暴《きょうぼう》さ。敵を攻撃《こうげき》する時の黒犬そのものだ。

「黒犬さん……」

「えっ？」

「青い爪と歯、それに両目が魔族の黒犬さんと同じなんです！」

アシュリーの話を聞いたクライドが目を見張った。すぐさまポメラニアンの体を調べ始める。頭から体、尻尾、両目、そして小さな口をこじ開けて口内を見回し、

「かすかだけど魔力を感じる」

驚いた口調で言った。

「しかも今まで感じたことのない魔力だ」

感じたことのない？　それはもしや――。

「黒狼《こくろう》様と同じく魔族の生き残りが――！」

「いや、瘴気《しょうき》も発していないし、これはただのポメラニアンだよ、白い小型犬だ」

興奮が一気に覚めた。

（そうよね。魔族は滅《ほろ》びたんだから……）

黒狼が生きていたことが奇跡《きせき》だったのだ。わかっていても寂《さび》しくなった。

では、このポメラニアンは一体何なのだ？

隣でクライドが言う。

「あの凶暴な状態もこの魔力のせいだろう。正体がわからないから魔術師長のところで詳《くわ》しく調べてもらうよ。――でもアシュリーに言われなかったら、この犬の魔力を見落としていたな」

笑《え》みを浮《う》かべた。さすがだと褒《ほ》めてくれている。同時に、魔族を思い出して悲しくなっているアシュリーをなぐさめる意もこもっているのだろう。こんな時、優しい人だと心から思う。

「はい……！」

「そして、まずは犬の飼い主を見つけないとね。この魔力についてもよく知っているだろうから、きっちり聞き出さないと」

打って変わって不敵な笑みを浮かべた。敵を容赦《ようしゃ》なく追い込もうとしている。黒ウサギなら泡《あわ》を吹《ふ》いて倒《たお》れるくらいの迫力《はくりょく》だ。アシュリーですら思わず頬《ほお》が引きつった。

そこへ軍服姿の兵士たちが走ってきた。

「あの縄《なわ》を食いちぎって逃《に》げたポメラニアンはどこだ!?」

「あっ、クライド殿下《でんか》！　婚約者様《こんやくしゃ》も、ご無事ですか!?」

「ああ、大丈夫《だいじょうぶ》だ。それより一体どうなっているんだ？」

兵士たちは魔法《まほう》で眠《ねむ》らされ地面に横たわるポメラニアンを見て、急いで縄で手足と口を厳重に縛《しば》る。アシュリーはハラハラして、

「優しく扱《あつか》ってあげてください……！」

魔族ではないし苦手な犬だとわかっている。しかし、かつての同胞《どうほう》に似ているところがあるため親近感が湧《わ》いている。

「──承知いたしました」

困惑《こんわく》する兵士たちにクライドが言う。

「庭園で騒《さわ》ぎがあっただろう。それの詳細《しょうさい》を教えてくれ。それとそのポメラニアンは魔術師たちの研究室へ運ぶから」

「魔術師のですか？　承知いたしました！　騒動《そうどう》の件ですが、お客人が連れていたそのポメラニアンが急に唸《うな》り出し、暴れ始めたそうです。それまで普通《ふつう》でおとなしかったのに豹変《ひょうへん》したようだったと。招待客たちが悲鳴を上げて逃げ回る中、ポメラニアンは地面に落ちた菓子《かし》や倒れた椅子《いす》の脚《あし》に噛みついていたそうです。そして私たちが駆《か》けつけた時には、一人の招待客の足を噛んでいました」

（人に噛みついたの⁉）

今は親しみを感じているとはいえ、襲《おそ》い掛かってきた時の様子を思い出すと血の気が引く。いくら小型犬といえどその招待客は恐《おそ》ろしかっただろう。大丈夫なのか。

「その招待客は無事なのか？」

クライドも真剣《しんけん》な顔で聞く。

「すぐにポメラニアンを引き離《はな》し、招待客を施療室《せりよう》に運びました。そこで手当てを受けられています。幸いにも噛《か》む力が弱い小型犬ですが、招待客の足からは血が流れておりかなり痛がっていたそうで、大事にならないといいのですが……」

兵士が顔を曇《くも》らせた。

そうだ、兵士はそのポメラニアンの歯が普通より尖っているのを知らないのだ。

もちろん実際の黒犬の牙とは比べ物にならないけれど、普通の小型犬の状態でも噛まれたら傷ができて内出血を起こす。それなのにあの青い歯で噛まれたら、想像しているよりひどい怪我《けが》のはずだ。

クライドがゾッとするような低い声を出す。

「それで、ポメラニアンの飼い主は誰《だれ》なんだ？」

「それが――殿下の従妹《いとこ》で、ハールマン公爵《こうしやく》家のご令嬢《れいじよう》マリベル様です」

(さっきの方だわ……！)

衝撃《しようげき》を受けた。けれど、おそらく自分よりも――。

心配になってそっと隣《となり》を見上げると、クライドはショックを受けた顔で立ちすくんでいて、アシュリーまで胸がギュウッと締《し》めつけられた。

マリベルが父親のハールマン公爵とともに、王室関係者たちから事情を聴かれることになった。そこにクライドも参加する。

「気になると思うけど、アシュリーは先にサージェント家へ戻《もど》っていてくれないか。後で詳細を伝えるから」

ポメラニアンが気になるが、すでに兵士たちにより魔術師長の許《もと》へ運ばれている。それにクライドと一緒《いっしょ》にマリベルから事情を聴くのには、王室長官や副長官などの王室関係者と、国王も参加すると聞いた。とても入り込めない。

それなので、アシュリーは馬車へ戻るため庭園を歩いている。

パーティーは急遽《きゅうきょ》中止となり、にぎやかだった庭園は閑散《かんさん》としていた。招待客も犬たちもいない。宮殿《きゅうでん》の使用人たちが割れたグラスや倒れたテーブルなどを片付けているだけだ。

ほうきやちりとりを手にした使用人たちの話し声が聞こえてきた。

「大変なことになったわね。毎年たくさんの飼い犬が参加するけど何事もなく終わるのに。あの、人に噛みついたポメラニアンはどうなるのかしらね？」

「公爵令嬢のペットらしいから本来なら寛大《かんだい》な処分なんだろうけど、噛みつかれた老紳士《ろうしんし》も招待客だから身分の高い方だろう？　下手したら殺処分かもしれないな」

（嘘《うそ》……）

血の気が引いた。あのポメラニアンは黒犬と同じ特徴《とくちょう》を持っている。懐《なつ》かしく思い、親近感を覚えた。人に噛みついたことはもちろん悪いけれど殺処分なんて――。

（駄目《だめ》よ……！）

気がつけば、踵《きびす》を返して走り出していた。

（ポメラニアンは魔術師の研究室へ運ばれたのよね）

魔術師たちの研究室や魔道具保管所などのある区画は一階の東側だと、以前にハンクから聞いていた。

アシュリーが行ったところでどうにかなるものではないとわかっている。それでも、このままじっとなんてしていられない。

（研究室にはジャンヌさんとハンクさんがいるはずよ。会って、ポメラニアンがどんな状態なのか聞いてみよう）

しかし――。

（私……迷った？）

アシュリーは宮殿内で道に迷っていた。迷路《めいろ》のように廊下《ろうか》が入り組んでいて、並ぶ扉《とびら》もほぼ同じデザインだ。どこも同じに見える。

宮殿なんてデビュタントの時に一度きた限りである。しかもあの時は王妃《おうひ》の謁見《えっけん》の間へ直行したため、宮殿内部を歩くのはほぼ初めてと言っていい。

(どうしよう。完全に迷ったわ……!)

必死にうろうろしていると、

「どうかしましたか?」

と、背後から女性の声がした。

(天の助けだわ!)

喜んで振《ふ》り向くと、整った顔立ちの若い女性が立っていた。均斉《きんせい》の取れた体に、体の線が浮き出るようなマーメイド型の銀のドレスがよく似合う。

(綺麗《きれい》な方……)

こんな美女に助けてもらえるとは幸運である。すると彼女が気づいたように小首を傾《かし》げた。

「ひょっとして、クライド殿下の婚約者のアシュリー様ではありませんか?」

「私を知っているんですか?」

「ええ、もちろん。お噂《うわさ》通りの方で驚《おどろ》きました」

「噂……ですか?」

「普通」との言葉を思い出し、いい噂ではないだろうと見当がついた。眉根《まゆね》を寄せた彼女が小声で話す。

「小柄《こがら》で、特に美人でもない平凡《へいぼん》な方だとお聞きしました。ごめんなさい。でも誤解しないでくださいね。私が言ったのではなく、今日パーティーにきていた殿方《とのがた》たちが噂していたのを耳にしただけです」

「わかっています。大丈夫ですよ」

アシュリーは気を遣《つか》って微笑《ほほえ》んだ。この美女は噂を聞いただけなのだから謝る必要はない。

彼女が一瞬《いっしゅん》真顔になり、しかしすぐに愛想《あいそ》のいい笑みを浮《う》かべた。笑うとより一層美人だなと感心する。

「アシュリー様は何か得意なものがおありですか？　音楽や絵画といった」

「いえ、特に何も」

「そうですか。クライド殿下の婚約者ですので、そういったことに長《た》けた方かと思っておりました。私などでもバイオリンや詩など得意なものがありますので」

「そうなんですか。すごいですねぇ」

助けてくれるいい人という認識《にんしき》もあり、素直《すなお》に感心した。

アシュリーの反応が想像していたものと違《ちが》ったのか、女性が笑顔のまま片眉を上げた。

そこへ、

「もしかしてと思ったけどやっぱり帰ってなかったんだな、アシュリー」

廊下の向こうから、苦笑《くしょう》しながら姿を見せたのはクライドだ。

(しまったわ。先に帰っていてくれと言われたのに)

会えたことは嬉《うれ》しいが何と答えようか焦《あせ》っていると、

「お久しぶりです、クライド殿下《でんか》」

彼女が含《ふく》みのある笑みで呼びかけた。

彼女に目をやったクライドが大きく目を見張った。

「リラ……」

(この方がリラ様なの⁉)

マリベルの友人でクライドの幼馴染《おさななじみ》の。そして「とても仲がよかった」という——。

「ご無沙汰《ぶさた》しております」

リラが優美に腰《こし》をかがめて挨拶《あいさつ》した。その拍子《ひょうし》に、深く入ったスリットから白い肌《はだ》がちらりと見えた。

マリベルの言った通り綺麗な女性だと改めて思ったら、あの時胸にコツンと感じたものを思い出した。

(いいえ、私ったら失礼でしょう！　リラ様はクライド様の幼馴染で、道に迷った私を助けようとしてくださったのよ)

胸の内のモヤモヤを急いで追い払おうとした。

クライドが小さく息を吐《は》き、笑みを浮かべた。

「本当に久しぶりだな。マリベルとパーティーにきたんだろう？　マリベルが心配でここまで？」

「ええ。昔からの友人ですから。マリベルの飼い犬のポルンは、普《ふ》段《だん》はとてもおとなしくてお利口なんです。それがあんな状態になってしまって……私もすぐ近くにおりましたがとても恐《おそ》ろしくて――」

怯《おび》えたようにうつむく。友人の飼い犬が人を噛《か》んだとなれば心配でたまらないだろう。

「マリベルは王室から事情を聴かれると耳にしました。殿下もその場におられるのでしょう？　私も一緒に連れていってください。お願いします」

真剣《しんけん》な顔でクライドを見つめる。クライドも無言でリラを見つめ返す。二人の間に漂《ただよ》う親密な空気に、不安感が小さく首をもたげた。

リラがクライドにゆっくりと近づいていく。

「本当にお久しぶりですね。私、ずっと殿下にお会いしたかったんですよ」

切なげにクライドを見つめ、その腕《うで》にそっと触《ふ》れた。

(幼馴染ってこういうものなの……？)

昔から知っている仲で五年ぶりに会ったのだろうから懐かしいのはわかる。けれど――。

先ほど追い払おうとした胸の内のモヤモヤがさらに募《つの》っていく。

そこでリラが一瞬アシュリーを振り返った。その顔にはなぜか挑発《ちょうはつ》するような笑みが浮かんでいた。

不安が増し、アシュリーは思わず呼びかけていた。

「クライド様……!」

クライドがアシュリーを見た。その顔に浮かんでいたのはいつもの優《やさ》しい表情で、泣きたくなるほど安心した。

クライドがアシュリーの耳元に口を寄せる。人前で見せるクライドの親しげな行為《こうい》に、リラの顔がこわばった。

「あのポメラニアンのことが気になるんだろう?」

見抜《みぬ》かれている。

「先ほどマリベルの聞き取り調査が済んだんだ。普段のポルンはおとなしい利口な犬で、あんな凶暴《きょうぼう》な状態になったのは初めてだそうだ」

そうだ、これが知りたくてここまできたのだ。アシュリーは真剣に頷《うなず》いた。

「ただ半年ほど前からポルンは体調を崩《くず》して、街の獣医《じゅうい》に診《み》てもらっていたらしい。爪《つめ》や歯、目が青いのは元々ではなく、処方された薬を飲ませていたからだと」

「薬ですか?」

では黒犬と同じ特徴《とくちょう》なのは薬のせいなのか？

「その薬を魔術師《まじゅつし》たちが調べているけど、魔力がこめられているのはその薬のほうだとわかった。しかもその魔法は、このトルファ国のものではなく他国のものらしい」

「他国!?」

驚くアシュリーにクライドが頷く。その様子を、リラが硬《かた》い顔つきで見つめた。

「兵士たちが獣医を捕《と》らえに向かったよ。ポルンのあの豹変《ひょうへん》した状態が完全に薬のせいだとわかり、噛まれた被害者《ひがいしゃ》が許せば、いずれ無事にマリベルの許《もと》に帰せるはずだ」

黒犬の特徴を有していたのは薬のせいだったのか。黒犬とどう関《かか》わりがあるのか？　それに他国の魔法とはどういうことだ？　疑問は尽《つ》きないけれど、

（だけどポルンが無事に帰れそうならよかったわ）

ホッとした途端《とたん》、

「クライド、一体何を話しているんだ」

と、廊下の先から国王が姿を現した。王室長官や副長官、兵士長もだ。

（ひい――っ！　勇者の子孫が突然《とつぜん》目の前に！）

パーティーで会うだろうと覚悟《かくご》してきたけれど、予想外のところからこられるのは別である。しかもこちらを射貫《いぬ》くような視線が、かつての勇者を彷彿《ほうふつ》とさせて恐ろしいことこの上ない。

「ご無沙汰しております、陛下」

先んじて前に出たリラが、笑顔で優美にお辞儀《じぎ》をする。

その後ろでアシュリーも慌《あわ》てて倣《なら》った。

しかし国王の鋭《するど》い声は止《や》まない。

「クライド、そのことは国の機密事項《じこう》だ。婚約者《こんやくしゃ》とはいえ部外者に、何をぺらぺらとしゃべっている？」

背筋が冷たくなるほどの迫力《はくりょく》だ。

「兄上、アシュリーはポルンに襲《おそ》われかけたんですよ？　その時に爪や歯や目が青いと、俺と一緒《いっしょ》に確認《かくにん》しています。気になるでしょうから教えただけですよ」

クライドが笑顔で言い返し、そして再びアシュリーのほうを向いた。

「薬とポルンを魔術師たちと一緒に調べるために、俺はしばらく宮殿《きゅうでん》にいることになる。他国の魔法のかかった犬が国王夫妻主催《しゅさい》のパーティーで暴れた。これは大事だからね。兄上からこの件の責任者に命じられたこともあって、当分屋敷《やしき》へ戻《もど》れない。でもそもそも、俺が自分で調べたいんだ」

最後の言葉にアクセントを強く置いた。

ということは、あの青さが魔族の黒犬に関することを踏《ふ》まえて、クライドが調べてくれるということだ。黒狼《こくろう》を守り抜《ぬ》いたクライドがいるならポルンの心配もない。

(でも、当分クライド様に会えなくなるのね……)

寂《さび》しさが募った。

クライドがリラに向かって言う。

「マリベルもハールマン家も今回の件に巻き込まれただけで、直接関与《かんよ》はしていないと判断されるだろう。今はすでにハールマン家に戻されているよ。まあ名家ということを考慮《こうりょ》されてだけどね。しばらくしたらマリベルは街外れのディオリ教会へ行くと言っていたから、心配なら様子を見に行ってあげるといい」

「わかりました」

リラがこわばった笑顔《えがお》で頷いた。

(ディオリ教会？)

王都の貴族が普段の礼拝や洗礼式に使うのは、宮殿の横にある大聖堂である。マリベルももちろんそうだ。何のために街外れの教会へ行くのか。

(私もそこへ行ってみようかな)

ポルンのいる研究室へは国王や王室長官も訪《おとず》れるだろう。機密事項を扱《あつか》うのだし、とてもアシュリーは入れない。

マリベルはリラの友人だし、リラもそこへ行くのだろう。正直ためらう気持ちはあるけれど、マリベルはクライドの従妹《いとこ》だ。それに獣医がポルンに処方したという薬についても聞いてみたい。

なぜかつての同胞《どうほう》、黒犬の特徴を持っているのかどうしても気になるからだ。

(よおし、ディオリ教会へ行ってみよう)

決意するアシュリーの前で、国王がクライドをにらんだ。

「いくぞ。これ以上余計なことを話したら許さんぞ」

「声と表情が怖《こわ》いですよ、兄上」

アシュリーなら卒倒《そっとう》してしまいそうな眼力だが、クライドは笑顔を返している。国王がため息を吐《つ》き、クライドを引っ張っていくように去っていく。その後を王室長官と兵士長が慌てて追いかけた。

頭を下げて見送り顔を上げると、リラの視線を感じた。その顔には薄《うす》い笑みが浮《う》かんでいる。理由がわからず戸惑《とまど》っていると、少し離《はな》れて歩いていく副長官をリラが呼び止めた。

「副長官殿《どの》、お久しぶりです」

「これはコートル侯爵《こうしゃく》のご令嬢《れいじょう》ではありませんか。いや、前から綺麗《きれい》な方でしたがますます美しくなられましたな。驚《おどろ》きました」

お腹がでっぷりと出た副長官が相好を崩す。

「まあ、ありがとうございます。嬉《うれ》しいですわ。皆《みな》さまもお変わりなくて安心しました」

「いや、私などはすっかり腹が出てしまって」

「貫禄《かんろく》があって素敵《すてき》ですわ」

「おや、嬉しいことを言ってくれますな。相変わらず気遣《きづか》いが素晴らしい！」

（副長官様はリラ様をよく知っていらっしゃるのね。とても仲良しだわ）

アシュリーは副長官なんて初めて会う。それにもし会っていたとしても、アシュリーの性格上このように場が盛り上がることもないだろう。アシュリーもいるのに二人で談笑《だんしょう》する様子を見ていたら、当然だと思っていても疎外《そがい》感が胸を突《つ》いた。

副長官がようやく気づいたようで、アシュリーにおもねるように会釈《えしゃく》をした。

「いや、これはこれは、クライド殿下《でんか》の婚約者殿ではありませんか。それでは私はそろそろ――」

先へ行こうとする副長官をリラが引き止める。

「五年ぶりにお話ができて、とても楽しかったです。何しろあの時はクライド殿下とのことでとてもお世話になりましたから」

（クライド様との？）

五年前にリラと何かあったのか。気になってアシュリーは聞いた。

「五年前に何かあったのですか？」

「それは――」

言い淀《よど》む副長官に、リラが歌うように言う。

「あら、アシュリー様はご存じないんですか？　てっきりクライド殿下から聞いていると
ばかり思っていました」
「リラ殿《どの》」と狼狽《ろうばい》した顔で止めようとする副長官をよそに、リラが笑みを浮かべる。
「五年前に王室内で、私はクライド殿下の結婚《けっこん》相手に決まっていたんですよ」
（結婚相手……？）
衝撃《しょうげき》で床《ゆか》がぐらりと揺《ゆ》らいだような感覚がした。クライドにそのような相手がいたなん
て知らなかった。ただの幼馴染《おさななじみ》ではなかったのか。
立ち尽くすアシュリーに副長官が慌てている。リラが笑いながら、
「本当のことです。ねえ、副長官殿？」
「えっ……ええ、まあ」
（そんな……）
クライドはいつも優《やさ》しい。傍《そば》にいると安心するし、ずっと傍にいたいと思う。出会って
からずっと一緒にいたから、クライドといるのが当たり前になっていた。
けれどそれは当たり前ではなかったのだ。五年前にクライドとリラが結婚していたら、
アシュリーと今こうしていない。
「あくまで内輪の話で、決定事項ではなかったんです。クライド殿下に正式な了承《りょうしょう》もとっ
ておりませんでしたし、色々とあって結局立ち消えてしまった話でして――」

副長官がしどろもどろに言い募《つの》る。

それでも二人がお似合いで仲がよかったからそんな話が出たのだろう。それに先ほどの二人の親密な雰囲気《ふんいき》――。

今立っている場所が不安定だと初めて感じだ。婚約者という立場に安心して何の疑いも持っていなかったけれど、それは盤石《ばんじゃく》ではないのだ。

そのことに思い至り、アシュリーの心の内で不安が込み上げた。

◆◆◆

宮殿の魔術師《まじゅつし》専用研究室で、ジャンヌはずっしりと重い紙袋《かみぶくろ》を前にして落ち込んでいた。

室内は三方の壁《かべ》が棚《たな》になっていて、ガラス瓶《びん》や薬剤《やくざい》などの研究機材が所狭《ところせま》しと並ぶ。それでも圧迫感《あっぱくかん》を感じないのは、蒲鉾《かまぼこ》形の高い天井《てんじょう》と広い室内のせいだろう。

「何を一人で暗くなってるんだよ？　気味が悪いぞ」

水色の検査薬の入った瓶を手に、寄ってきたハンクが言った。

相変わらず失礼な奴《やつ》である。しかし言い返す気力もない。由々しき事態なのだ。ポルンと、ポルンが飲まされた黒い丸薬を調べるため、ジャンヌたち魔術師とクライドはここ最近研究室にこもっているからだ。

薬に他国の魔法がかかっているとわかり、国の機密保持のため不用意に宮殿《きゅうでん》を出られない。

よってせっかく作ったほんのり甘い人参《にんじん》クッキーを、アシュリーに渡《わた》しにいけないのである。

ジャンヌが落ち込んでいる理由を悟《さと》ったのか、ハンクが顔を曇《くも》らせた。

「アシュリー様に渡したいのに渡せないんだな。そっか、辛《つら》いな」

(ハンクが気を遣《つか》っている!?)

いつも能天気で馬鹿《ばか》で言いたいことを言う、あのハンクが。ジャンヌは驚《おどろ》き感動すらした。しかし、

「じゃあ俺が代わりに全部食ってやるよ。アシュリー様には次に会った時にちゃんと感想を伝えておくから大丈夫《だいじょうぶ》!」

いい笑顔を見せるが前言撤回《てっかい》である。

「何も大丈夫じゃないから。それより知ってるわよ。このクッキーを冷ましている時に、あんた何枚かこっそりと食べたでしょう?」

「ばれてたのか!?」

「当たり前よ! だからあんたが今朝、門番に頼《たの》んで街で買ってきてもらったミートパイは私がもらっておいたわ」

「嘘《うそ》だろう!?　あのミートパイ、人気店のやつですげー行列なんだぞ！　頼みに頼み込んでやっと買ってきてもらったのに！」

「クッキーを盗《ぬす》むあんたが悪いのよ。後、ミートパイは絶品だったわ！」

そこへ猫背《ねこぜ》の魔術師長が顔を出した。

「ジャンヌとハンク、ちょっときてくれ」

奥の部屋へ入った途端《とたん》、その顔触《かおぶ》れに緊張《きんちょう》した。大きな大理石のテーブルを囲むように国王や王室長官、兵士長、そしてクライドの姿もある。皆、真剣《しんけん》な表情だ。

テーブルにはガラス製の箱が置いてあり、ポルンが飲んでいたという薬が入っていた。小指の先ほどの大きさの、黒い丸薬。見た目は普《ふ》通《つう》の薬だ。

魔術師長の後ろに立つジャンヌに、同じくその横に立っているハンクがこっそりと耳打ちしてきた。

「なあ、薬を処方した獣医《じゅうい》は、兵士たちが捕《と》らえにいった時にはすでに姿をくらましていたんだったよな？」

「そうよ。獣医が診《み》ていた他《ほか》の犬たちにも、同じ飲み薬が与《あた》えられていたでしょう。だからその他の犬たちも異常がないか、一頭ずつ調べているところじゃないの」

呆《あき》れて返した。

今のところ、犬が凶暴《きょうぼう》化して被害《ひがい》が起きたという話は聞かない。

『まだ完全な魔法ではないのかもしれないな――』と、クライドが険しい顔でつぶやいていたことを思い出した。

ローブを着た魔術師長が説明する。

「あのポメラニアンからは完全に魔法が消えました。爪《つめ》と歯、目も元の色に戻《もど》りました。排出の早い薬ですね」

「そのぶん効果が消えるのも早く、見つかりにくいというわけだ」

冷静な口調で返すクライドの前で、兵士長が浮《う》かない顔つきで報告する。

「逃《に》げた獣医ですが、兵団で総力を挙げて追っていますがまだ見つかりません。代々続く獣医の家系の息子《むすこ》ということですが、賭《か》け事と女が好きで金に困っていたそうです」

(いずれ、ばれると思って逃げたわけね)

怒《いか》りが湧《わ》く。この悪徳獣医のせいでアシュリーに会えないのだから。

「薬にこめられた他国の魔法ですが、魔法書や文献《ぶんけん》に載《の》っているものではありませんね。急いで各国に使いを出しましたが、判明するまでは時間がかかるかと――」

魔術師長の言葉に、場に緊張が走《はし》ったのがわかった。

(知られていない魔法ということね……)

最悪、トルファ国を狙《ねら》ったものかもしれない。国王や王室長官の表情も厳しい。

そこで、考え込んでいた様子のクライドが驚《おどろ》くことを口にした。

「ポルンの青い爪と歯と目ですが、魔族の黒犬の特徴《とくちょう》と一致《いっち》します」

「えっ……？」

皆《みな》が一様にぽかんとした。それはそうだろう。突然《とつぜん》魔族などと言われても戸惑《とまど》うだけだ。

しかし厩舎《きゅうしゃ》で苦楽を共にしたジャンヌには、クライドがそんなことを言い出した理由がわかった。

（もしかすると――）

「ですからその魔法というのは、一つの可能性として、普通の犬を黒犬に変えるものかもしれないということです。誰《だれ》もが恐《おそ》れた伝説の魔族に」

「どこからの情報だ？」

国王が低い声で聞いた。

「かつてサージェント家にいたもの――ここにいる皆さんは知っていましたね。黒狼《こくろう》から聞いたことです。彼がまだ生きていた頃《ころ》、短い時間ですが目覚めたことがありました。その時に黒犬の特徴を話していたんですよ。それからすぐに再び眠《ねむ》りについたので、それ以上のことはわかりませんが」

表情も変えずにさらりと言うが、嘘だとジャンヌにはわかった。誰かをかばっているのだ。その誰かとは――。

ちらりと隣《となり》のハンクに目をやると、ハンクも驚いた顔でジャンヌを見ていた。同じことを考えている。

(言い出されたのはアシュリー様ね)

前世が魔族の黒ウサギだったアシュリーにしか知り得ないことだ。

(さすがだわ。やはりウサギに似ておられる方は違《ちが》う!)

感動に震《ふる》えるジャンヌの前で、皆は目を見開いたまま一言も発しない。

やがて国王が怒りを抑《おさ》えるような声音《こわね》で発した。

「その時にたまたま黒犬の特徴を話したということか? そんな偶然《ぐうぜん》は有り得ないだろう」

「そんなことを言われましても、事実そうでしたので」

副長官や兵士長が青ざめる中、クライドがこともなげに肩《かた》をすくめた。

(お上手だわ)

黒狼はもういないので確かめようがない。それに他《ほか》にクライドがそのことを知り得た理由も絶対に見つけられない。

魔族に関する文献や資料がこの国のどこにも残っていないことは、黒狼の時に証明されているのだから。

王室長官が驚いた顔のまま発言した。

「承知いたしました。非常に驚きましたが……まずは早急に、逃げた獣医を見つけないといけませんね。そうすればその魔法のことがわかりますから」

（そうよ、それが何より重要よね。でもどこかの街にでも逃げていたら見つかるの……？）

不安が押し寄せた時、若い魔術師《まじゅつし》がやってきて困惑《こんわく》した顔で告げた。

「クライド殿下《でんか》にお客様です。何でも逃げた獣医に自分も飼い猫《ねこ》を診てもらっていて、彼の逃亡《とうぼう》先に心当たりがあると」

クライドが目を見張った。

驚くジャンヌたちの視線の先で、扉《とびら》の前にいたリラがにっこりと微笑《ほほえ》んだ。

〈二〉 教会とヤギ

リラから聞いたことが、アシュリーの胸に重くのしかかっている。自分の揺《ゆ》らぐ立場を認識《にんしき》したからなおさらだ。

（駄目《だめ》よ！　気をしっかり持たないと）

今、クライドと婚約《こんやく》しているのは自分なのだ。クライドの傍《そば》にいたいと思うし、事実傍にいられているではないか。

（そうよ。だからとりあえず、したいと思ったことをしよう！）

朝早く馬車に乗り込み、クライドが言った街外れのディオリ教会へ向かった。

（マリベル様はその教会で何をするのかしら？）

見当もつかない。

宮殿《きゅうでん》の横にある大聖堂には王族や貴族、裕福《ゆうふく》な商人といった上流階級の者たちが、街中にある大きな教会には医師や教師といった中流階級が、そして街外れの小さな教会には労働者などの下流階級の者たちが通うのが通例である。

だからアシュリーはその教会へ行ったことはないし、マリベルもそうだろう。

馬車の小窓から見える景色が、王都のにぎやかな街からののどかな田園風景へ変わっていく。

「到着《とうちゃく》いたしました！」

（ここがディオリ教会なのね）

辺りは何もない場所にぽつんと一軒《いっけん》、三角屋根の古い教会があった。柵《さく》に囲まれた放牧場でヤギたちが草を食べ、その横の畑で労働者風の若い男性が鍬《くわ》を振《ふ》るっている。

入口の扉の上に丸く簡素なバラ窓がついており、マリベルが扉の前に立ってそのバラ窓をじっと見上げていた。

（いらしたわ）

焦《こ》げ茶色の首元まで詰《つ》まったドレスを着たマリベルは微動《びどう》だにしない。その後ろ姿からは悲愴《ひそう》感のようなものが漂《ただよ》っているように見えた。

アシュリーの乗った馬車が、ハールマン家の紋章《もんしょう》の入った馬車の少し後ろに停まっているが何かに気を取られているのか気づく様子はない。そして体の脇《わき》で両手を強く握《にぎ》りしめて、教会の中へ入っていった。

（リラ様はきていないのね）

警戒《けいかい》して辺りを見回したが見当たらない。あれほどマリベルを心配していた様子だったのにどうしたのか。

それでも会わないならそれに越《こ》したことはない。ホッとしてアシュリーも扉の前に立ち、同じようにバラ窓を見上げてみた。

マリベルはこの教会で、ポルンが噛《か》んで怪我《けが》をした老紳士《ろうしんし》のために祈《いの》るのだろうか。だが大聖堂で祈ればいいのに、どうしてわざわざここへ？

気になり、そっと扉を開けて恐々《こわごわ》と中を覗《のぞ》き込んだ途端《とたん》、

「申し訳ありませんでした……！」

と、マリベルの悲痛な声が聞こえた。

年季の入った長椅子《ながいす》が並ぶ奥、木綿《もめん》の白い布が掛《か》けられ花が飾《かざ》られた祭壇《さいだん》の前でマリベルが深く頭を下げている。

向かい合って硬《かた》い顔をしているのは、足首まであるローブに手織りの肩掛《かたか》けをまとった老司祭だ。

（なぜ教会の司祭様に謝っているの？）

「お怪我の具合はいかがですか……？」

そこで司祭が背を丸めてローブの裾《すそ》を少しだけ引き上げた。脛《すね》に包帯が巻いてあるのが見えてハッとした。

（もしかしてパーティーでポルンが噛みついた相手というのが、この司祭様なの⁉）

そうに違いない。しかしなぜ王族や上級貴族が参加する、きらびやかな国王夫妻主催《しゅさい》の

パーティーに、街外れの教会の一司祭が招待されたのか不思議に思った。

（あれ、そういえばあの司祭様をどこかで見かけたことがあるような――）

そうだ。アシュリーが礼拝に通う王都内の大聖堂。そこで半年ほど前に典礼があり、国中の聖堂や教会を統括《とうかつ》する司教がめずらしく姿を見せていた。

壇上《だんじょう》に座る司教の隣で親しげに笑い合っていた老紳士は、この司祭ではなかったか――。

だがその疑問は、老司祭が一歩前に出る時に足を引きずっているのを見て一瞬《いっしゅん》で立ち消えた。まだ万全《ばんぜん》ではないのだ。

ポルンに対する親近感はあるが、それに噛まれた人に対する思いはまた別だ。大丈夫《だいじょうぶ》なのかと心配になった。

マリベルが頭を下げたまま謝り続ける。

「このたびは本当に……本当に申し訳ありませんでした。全《すべ》てポルンの飼い主である私の責任です」

「――もうよろしいと申し上げたはずです」

老司祭の声は言葉とは裏腹にひどく冷たい。

「ですが……！　父から聞きました。謝罪とせめてものお詫《わ》びに、どうかこの教会に寄付をさせてくれと頼《たの》んだが断られたと……」

「そんなことをしていただく義理はありません。治療《ちりょう》費は宮殿で持っていただきましたし、それ以上は結構です」

「……司祭様はまだ退院してはいけない怪我なのでしょう？　本当に何とお詫びしていいか――」

「退院したのは私の勝手な都合なのでお気になさらずに」

そして小さく息を吐《は》き、唇《くちびる》を嚙みしめているマリベルに続けた。

「この教会を利用するのは、あなたのような恵《めぐ》まれた貴族のお嬢様《じょうさま》ではないのです。毎日を何とか懸命《けんめい》に生きている者たちです。食事の配給や、子どもたちに簡単な読み書きも教えています。ですから私がいつまでも休んでいるわけにはいかない。それだけです」

だから無理をして戻《もど》ってきたのだ。

「ではせめて司祭様のお手伝いをさせてください……！　うちから食料を運ばせますし、いい教師も知っています。簡単な読み書きなら私にも教えられます！」

「この辺りには農作業に従事する者も多いため食料には困っておりません。それに読み書きを教えるのはこの足でもできますから」

取り付く島もない。

マリベルは泣きそうな顔で唇を嚙みしめている。

(何だか可哀《かわい》そう……)

飼い犬が怪我をさせたのが悪いとは思うけれど、それでもだ。

うつむくマリベルに司祭が言う。

「言葉での謝罪ならいくらでもできます。真の謝罪をしたいというのなら行動で示していただきたい」

マリベルがはじかれたように顔を上げた。

(行動で？)

先ほどマリベルが言ったことは拒否《きょひ》したではないか。

(それ以外で、ということ？)

何だろう？　足が動かなくてはできないことだろうか。そういえばここへきた時、放牧場でヤギたちが草を食べていた。家畜《かちく》の世話ということか。

マリベルも同じことを思いついたのだろう。サッと青ざめた。公爵《こうしゃく》家の令嬢なのだから当然である。これは下級使用人の仕事だ。もしくは罪人の奉仕《ほうし》作業で、貴族の令嬢がやるべきことではない。

蒼白《そうはく》な顔で突《つ》っ立っているマリベルに、老司祭が深いため息を吐《つ》いた。

「行動で示していただけないのなら結構です。どうぞお引き取りを」

「えっ！　あっ、あの、待ってくださ――！」

「もう結構です。それと私の足を噛んだあなたの飼い犬ですが、被害者《ひがいしゃ》の私が王室から処《しょ》遇《ぐう》を一任されました。このままでは処分していただくよりありませんね」

「そんな……！」

マリベルは泣きそうだ。

（ポルンを処分!?　駄目よ！）

黒犬と同じ特徴《とくちょう》を備えた犬。ただの薬のせいだったのかもしれないけれど親近感を覚えた。処分なんて絶対に嫌《いや》だ。

「待ってください！」

アシュリーは扉《とびら》の陰《かげ》から飛び出した。突然《とつぜん》現れたアシュリーにマリベルと老司祭が驚《おどろ》いている。

「えっ、アシュリー様？　なぜここにいるのですか……？」

マリベルは狼狽《ろうばい》していたが、やがて悲しそうに顔を歪《ゆが》めた。

「……私がここにいるとクライド殿下《でんか》から聞いて、わざわざ見にこられたのですか？」

意味がわからない。だがそもそも、アシュリーはそれどころではない。

「マリベル様、家畜のお世話をしましょう！　司祭様の代わりにヤギのお世話を！」

「なっ、何を言って……」

「ポルンのためです！」

その言葉は効いたようだ。マリベルが言葉に詰まっている。元々謝罪とお詫びをしにここまできたのだから、それ以外に道はないのだ。

やがて悲愴な顔つきで天井《てんじょう》を仰《あお》ぎ、小さな声で言った。

「そうですよね……家畜のお世話をいたします、司祭様」

「わかりました。では次から汚《よご》れてもいい服装でいらしてください。必要ならエプロンをお貸しします。小屋を掃除《そうじ》する道具はありますので——」

話が進んでしまっている。アシュリーは慌《あわ》てて言った。

「あの、私も一緒《いっしょ》にヤギのお世話をしたいのですが……！」

「——はっ？」

ヤギは前世の黒ウサギと同じ草食動物である。犬は苦手だが同じ草食動物の仲間なら、きっと気が合うと思うのだ。

「よろしくお願いします」

アシュリーが深々と頭を下げると、マリベルと老司祭が唖然《あぜん》とした。


「ジャンヌ、眉間《みけん》に皺《しわ》が寄ってるぞ」

宮殿《きゅうでん》の研究室でハンクに言われて、ジャンヌはイラッとして腕《うで》を振《ふ》り上げた。ガラス瓶《びん》の魔法《まほう》薬がこぼれそうになる。

「危なっ……もう、うるさいわね！　黙《だま》ってよ！」

「何をイライラしてるんだよ？」

イライラもするに決まっている。ジャンヌの視線の先で、薬について魔術師長と真剣《しんけん》な顔で話すクライドの横に、リラがべったりとくっついているからだ。

あれから毎日我が物顔で宮殿にきては、一日中クライドから離《はな》れない。

それゆえアシュリーを知らない魔術師たちが、

「あの方がクライド殿下の婚約者《こんやくしゃ》？　綺麗《きれい》な方ねえ。お似合いだわ」

などと言う始末だ。

「あそこはアシュリー様の場所でしょう⁉」

「怖《こわ》いな。でもリラ様のおかげで、逃《に》げた獣医《じゅうい》を捕《と》らえられたんだろう？」

そうなのだ。どうやら美人のリラに獣医は勝手な憧《あこが》れを抱《いだ》いていたようで、妻子にも内緒《ないしょ》にしていた森の中の別邸《べってい》を教えていた。

金に困っていた獣医は、ある男たちから金と引き換《か》えに薬を受け取ったらしい。

しかし獣医は黒犬や魔族について何も知らなかった。

「獣医が、犯人と思われる男たちの一人に東の小国カスルの訛《なま》りがあったと証言したんだっけ？」

「そうよ。それで事態は急展開したのよ」

カスル国へ急ぎの使者を向けたところなのだ。

ジャンヌはリラをにらみつけながら低い声を出す。

（だからこそ――）

「獣医が見つかったんだから、リラ様はもうここへこなくてもいいはずでしょう!?」

「でもあの獣医、怯《おび》えきってるからな。まあ自分の行いが国家反逆罪に問われるかもしれないんだから当然だけど。真っ青な顔をしてずっと震《ふる》えてて、憧れのリラ様がいなかったら何も話さなかっただろうし、今もたびたびリラ様が様子を見に行かないと自殺しそうじゃん」

唯一《ゆいいつ》の証人なのでそれは困るのだ。

だからこそリラが我が物顔で宮殿にいるわけで、ジャンヌのイライラも最高潮に達しようとしている。

「確かに美人だし、正直、見た感じはクライド様とお似合いだよな」

「――他《ほか》の奴《やつ》も言ってたわ。『クライド殿下もまんざらじゃなさそうだ』って。ふざけるんじゃない！」

男たちはリラに甘い。美人なだけでなく社交的で、なおかつ相手が喜ぶようなことをさらりと言うからだ。

「さらに、さりげないボディータッチも上手《うま》いのよ！」

笑顔《えがお》で腕や肩《かた》に触《ふ》れられたらたまらないだろう。

「でもクライド様は違《ちが》うわよ。クライド様が愛するのはウサギに似ているアシュリー様だけなんだから！」

「はいはい、わかってるって。だからあんまり怒《おこ》るなよ。眉間の皺が取れなくなるぞ」

そう言い置いて去っていったハンクの前で、ジャンヌは再びリラに視線をやった。

クライドとその隣《となり》にいるリラに、新人の魔術師が聞く。

「お二人とも紅茶はいかがですか？」

「もらうよ。砂糖は――」

笑顔で答えるクライドの言葉を、リラがさりげなく続けた。

「殿下は、お砂糖はいらないんですよね。それと濃《こ》いめに淹《い》れた紅茶がお好みです」

「よくご存じなんですね」

驚く魔術師にリラが微笑《ほほえ》む。

「ええ。昔からよく知っているんですよ」

(何よ、それは!?)

無意識に握《にぎ》りしめていたため、ジャンヌの手元で魔法薬の入ったガラス瓶がみしみしと音を立てる。隣にいる魔術師がギョッとした顔をした。

さらにリラがクライドの首元を見て小首を傾《かし》げた。

「あら、殿下。タイが曲がってますよ。直しますね」

「そうか？　自分で直すからいいよ」

「私、そういうのを直すのが得意なんです。殿下はよく知っておられるでしょう？」

にっこりと笑って素早《すばや》くクライドの首元に手をかけた。

クライドは困ったような顔をしたが、それ以上拒否はしない。魔術師たちの前で二度も拒否すればリラの立場がなくなるからだ。しかもリラは今回の件の協力者でもある。

それがわかるからジャンヌは余計にイラッとするのだ。

仲睦《なかむつ》まじく見える二人に魔術師たちが嘆息《たんそく》した。

「美男美女でお似合いですねえ」

（どこがお似合いよ⁉）

ジャンヌの手元でガラス瓶が音を立てて割れた。

「ああ、もうっ！」

ガラスの破片《はへん》をイライラしながら片付けていると、やってきたのはリラだった。笑みを浮《う》かべて言う。

「あなた、ジャンヌというのね。クライド殿下が以前お世話になったそうで、私からもお礼を言います」

ジャンヌも微笑み返したが、内心はらわたが煮《に》えくり返りそうだ。リラから礼を言われ

る覚えなどない。あれは国王の命令で、なおかつクライドの熱意に触れたからあそこまで協力したのだ。それに、

(何よ、その台詞《せりふ》は。婚約者気取りなの⁉)

「いえ、お礼など不要です。クライド様の婚約者のアシュリー様に、大変よくしてもらいましたから」

笑いながら言い返した。

しかし少しは嫌《いや》な顔をするかと思ったのに、笑みを浮かべるリラの顔には揺《ゆ》るぎない自信が垣間見《かいまみ》えた。

少し不安になった。王室書記官の友人から聞いたことが脳裏《のうり》によみがえる。

『五年前のクライド殿下《でんか》とリラ様のご結婚についてだけど、殿下がサージェント家を継《つ》がれたから立ち消えになっただけでほぼ決まりかけていたらしいわよ。それで今また、リラ様が現れたでしょう？　殿下はそのことをどう思っているのかしらね？』

◆◆◆　◆◆◆

アシュリーがディオリ教会に到着《とうちゃく》すると、マリベルはすでにきていた。

落ち着かない様子でもじもじしていたが、アシュリーを見た途端《とたん》、信じられないと言い

たげに目を見開いた。

「本当に……こられたのですか？」

「もちろんです」

むしろ張り切ってやってきたくらいだ。動きやすい綿のワンピースを着て笑顔で頷《うなず》くアシュリーから、同じく綿のロングスカートにエプロンを着けたマリベルがそっと視線をそらした。

老司祭が言う。

「放牧場はこちらです」

教会のすぐ裏に、司祭館と呼ばれる司祭が暮らす木造の小さな建物がある。その横に柵《さく》で囲まれた牧草地と石造りの小さな家畜《かちく》小屋があった。

マリベルは不安と緊張《きんちょう》からだろう、今にも倒《たお》れそうなほど青ざめている。

(家畜の世話なんて、公爵《こうしゃく》家のご令嬢《れいじょう》がされることではないものね)

敬遠したい気持ち自体は理解できるので何も言えない。

「お二人には小屋の掃除《そうじ》を頼《たの》みます。これから中にいるヤギを放牧しますので、その間にお願いいたします」

「わかりました」

頷くアシュリーの横で、マリベルが天井《てんじょう》を仰《あお》いでかすかに震えている。

「あの、司祭様……本当に家畜小屋の掃除を――？」

「はい？　何か言われましたか？」

小屋へ入ろうとしていた老司祭が振《ふ》り向いた。足を引きずっている。アシュリーたちをここへ案内した時も歩きにくそうではあったが、だんだんと辛《つら》くなってきたのだろう。まだ動き回っていい怪我《けが》ではないのだ。

「いえ……何でもありません」

マリベルが口をつぐみ、うなだれた。

老司祭が小屋の中へ呼びかける。

「トウダ、ちょっと出てきてくれないか？」

姿を見せたのは体格のいい青年である。

(ここに初めてきた時、畑を耕していた男性だわ)

綿のシャツにベストを着て、よく日に焼けていて健康そうだ。トウダはアシュリーたちを見て立ち止まり、ギュッと眉根《まゆね》を寄せた。

「――もしかして司祭様の足に噛《か》みついた凶暴《きょうぼう》な犬の飼い主ですか？　貴族のお嬢様だと聞きましたよ」

凶暴との言葉にマリベルが口を開きかけたが、トウダににらまれてうつむいてしまった。

トウダが怒った口調で続ける。

「この辺りに住んでいる俺たちにとって司祭様は大事な方なんだ。日々の祈《いの》りだけじゃない。食事もとれない貧しい者の世話や、子どもや異国の者にも読み書きを教えてくれる。何かあればいつでも駆《か》けつけてくれて、俺たちは頼《たよ》りっぱなしなんだ。教会も俺が力仕事は手伝っているけど、ほとんど一人で切り盛りされてる。それがお嬢様の道楽で飼ってる甘やかされた犬のせいで、こんなひどい怪我を負わされて……皆《みな》、怒ってるんだからな」

尊敬する司祭のためとはいえ貴族相手にここまで言えるのだから、よっぽど歯に衣着《きぬき》せぬ人物なのだろう。

マリベルがさらに深くうつむいた。言葉もないのか、体の前で握りしめた両手が震《ふる》えている。

気の毒に思い、胸がつかえた。

「よしなさい、トウダ」

老司祭の穏《おだ》やかながら戒《いまし》めるような声音《こわね》に、トウダが渋々《しぶしぶ》といった感じで口を閉じた。

「トウダは農作業や家畜の世話といった、教会の力仕事を手伝ってくれています。お二人は家畜の世話などされたことがないでしょう？　トウダにやり方を教えてもらってください。――頼んだよ、トウダ」

トウダがギョッとしたように目を見開いたが、

「――わかりました。こんなお嬢様たちに務まるのかは知りませんがね」

と仏頂面《づら》で頷いた。そのまま無言で小屋の中からヤギを連れ出す。

白いヤギが三匹《びき》、連なってゆっくりと歩いてきた。体長一メートルほどの、つるりとした角と垂れた耳を持つヤギたちだ。

「わあ、可愛《かわい》い……！」

思わず声が弾《はず》んだ。前世で魔族《まぞく》の黒ヤギはいたが、普通《ふつう》の白ヤギは初めて見る。黒ヤギたちは穏やかで人懐《ひとなつ》っこい性格をしていて、黒ウサギと一緒《いっしょ》に草を食べたこともある。

目の前のヤギたちが黒ヤギと重なって懐かしい。笑顔《えがお》で気軽に近づくアシュリーに、トウダが鋭《するど》い声を出す。

「ヤギはおとなしそうに見えて意外と攻撃的《こうげき》だ。不用意に近づくと蹴《け》り飛ばされるぞ」

（蹴られるの⁉）

のんびりしていた黒ヤギたちとは違《ちが》うのか。慌《あわ》てて立ち止まり、残念に思いながら放牧場へ散らばっていくヤギたちを見送った。

トウダが鉄製の大きなフォークを、アシュリーとマリベルに乱暴に手渡《てわた》す。

「ヤギたちが草を食べている間に小屋の掃除をしてもらう。これで地面に敷《し》いてある汚《よご》れた牧草を片付けるんだ。汚れた牧草はそのまま畑の肥料として使うから、小屋の裏に出して積んでおくこと」

「わかりました」

（家畜小屋へ入るのは初めてだわ）

前世がウサギだったといえど、気が小さい性格ゆえ初めてのことには緊張してしまう。

恐《おそ》る恐る小屋の中へ入った途端、むわっと動物が出す生臭《なまぐさ》いような臭《にお》いが鼻をついた。先ほど歩いていったヤギからも体臭《たいしゅう》はしたけれど、それより何倍も強い。壁《かべ》の上部に小さな窓はついているが仕方ないのだろう。

「うっ……！」

マリベルが盛大《せいだい》に顔をしかめて手で口元を覆《おお》った。生粋《きっすい》の貴族令嬢には予想以上だったようだ。

トウダから射るような視線を向けられて、慌てて手を外したものの堪《こら》え切れなかったらしい。今にも倒れそうな顔で再び鼻と口元を覆い、立ち尽《つ》くす。

続いてアシュリーもトウダの視線を感じた。試《ため》すような視線だが、アシュリーは意外に平気であった。なぜなら、

（懐かしい匂《にお》いよね）

魔国の匂いを思い出すのだ。卵が腐《くさ》ったような瘴気《しょうき》の臭いの中に、魔族たちの出す動物臭さが漂《ただよ》っていた。

もちろん今は人間なので臭いとは思うが、懐かしさのほうが勝《まさ》っている。

（黒ウサギだった頃《ころ》を思い出すわ）

辺りの匂いを嗅《か》ぎながら深呼吸までしてにまにまと笑うアシュリーに、トウダが拍子抜《ひょうしぬ》けを通り越《こ》して奇妙《きみょう》なものを見るような顔をした。

（さあ、掃除をするわよ！）

鉄製のフォークを手に、張り切ってマリベルを見た。

「掃除を始めましょうか。——大丈夫《だいじょうぶ》ですか？」

マリベルは顔の下半分を手で覆ったまま固まっている。耐《た》えられないほどきついのかと心配すると、マリベルがハッとしたように、

「大丈夫です」

と、慌てて頷《うなず》いた。

地面に敷かれた牧草は尿《にょう》にまみれて重い。草食動物ゆえ糞《ふん》はころころとしてあまり臭わないが、尿は臭いがきつい。

それでも昼間はこうして放牧しているのだからマシなのだろう。

それに敷かれた牧草も長くて色がいい。老司祭やトウダがこまめに掃除しているのだと見当がついた。

（黒狼《こくろう》様のいた厩舎《きゅうしゃ》を思い出すわ）

懐かしさと嬉《うれ》しさ、そして黒狼がもういないという寂《さび》しさが込み上げた。その感情を抱《かか》えたまま、アシュリーは木製の柄《え》がついたフォークで牧草をかき集めた。

いつの間にか、トウダの姿がない。放牧場へヤギの様子を見にいったのかもしれない。

マリベルに小声で聞かれた。

「アシュリー様も伯爵《はくしゃく》家のご令嬢ですのに、この状況《じょうきょう》が平気なんですか……？」

「はい。割と平気です」

マリベルが絶句している。信じられない気持ちはわかるけれど、本当に平気なのだ。

そして何よりポルンのことが気になる。トウダのいない今が質問するチャンスだろう。

「あの、マリベル様。ポルンのことなんですが――」

瞬間《しゅんかん》、マリベルの顔が悲しいほどこわばった。きつい掃除と足を引きずる老司祭、そして厳しい態度をとるトウダ。この状況でポルンについて聞くのは酷《こく》かもしれない。

（しまったわ。私ったらつい焦《あせ》って……）

反省し、何とごまかそうか考えて、

「リラ様はご友人なんですよね？　どういった方なんですか？」

出てきた言葉はこれだった。

考えないようにしようと思っていてもやはり心から消えていない。モヤモヤが募《つの》ったアシュリーとは対照的に、マリベルの顔が明るくなった。

「リラは学園の頃からの友人です。昔から綺麗《きれい》で社交的で友人もたくさんいて、傍《そば》にいられるのが誇《ほこ》らしかったです。私は公爵家の娘《むすめ》というだけで他《ほか》に秀《ひい》でたところがなくて、人とも上手《うま》く話せずなかなか友人もできなくて……そんな私にも声をかけてくれるような女性です」

(聞かなければよかったわ……)

落ち込んでしまう。そんな素晴《すば》らしい女性が、クライドと結婚《けっこん》するはずだったのだ。

副長官は色々と事情があって立ち消えた話だと言っていたが、五年前といえばちょうどクライドがサージェント家を継《つ》いだ頃だ。黒狼のことがあったからクライドは絶対に折れず、王室との摩擦《まさつ》も大きかったと聞いた。「事情」とはおそらくそのことだろう。

サージェント家を継がなかったら、二人は結婚していたかもしれない。そう思ったらショックで胸が締《し》めつけられた。

「アシュリー様、どうされました?」

「……いえ、リラ様は素晴らしい方なのですね」

言葉にしたらさらに落ち込んでしまったので話を変えることにした。

「でも私もマリベル様と同じで、人と上手く話せないのでそのお気持ちはわかります」

リラの友人だけれど、ポルンの飼い主でクライドの従妹《いとこ》。似ているところがあると思うと、親近感を覚えて嬉しい。

けれどはじかれたように声を上げたマリベルは、なぜか傷ついているように見えた。

「そんなの嘘《うそ》です……! どの女性にも興味を示さなかったクライド殿下《でんか》の婚約者ではあ

りませんか。しかも殿下から見初《みそ》められたと聞きましたよ」

突然《とつぜん》強い口調に変わったマリベルに戸惑《とまど》いつつも、

「それは……何と言いますか特殊《とくしゅ》な事情があって、一般《いっぱん》的に言う見初められたとはちょっと違うというか――」

黒狼絡《こくろうがら》みの理由で、容姿が気に入ったとかビビッときたとかそういった理由ではないことだけは確かだ。そんなことには確信を持ってしまう自分に呆《あき》れ、思わず遠くを見た。

マリベルが何か言いたそうな顔をする。しかし結局口をつぐんだようで、無言のまま再び汚れた牧草を集め出した。

(どうしたのかしら?)

マリベルの態度が豹変《ひょうへん》した理由がわからない。けれど唇《くちびる》を噛《か》みしめて掃除《そうじ》をするマリベルの姿は、それ以上の質問を拒否《きょひ》しているように見える。

アシュリーも仕方なく牧草を集めて外に出した。地面を水で流し、トウダが刈《か》った新しい牧草を床《ゆか》に敷き詰《つ》めていく。

いつの間にかトウダが戸口に戻《もど》ってきていた。いたたまれない雰囲気《ふんいき》の中、黙々《もくもく》と掃除するアシュリーたちを苦々しげに見つめる。

(終わったわ!)

「司祭様が、次は三日後にきてくれとのことだ」

時間はかかったが綺麗になった小屋の中で、トウダが素っ気ない声で言った。

マリベルがトウダに頭を下げて、ためらいがちにけれど素早く小屋を出ていく。

（私、もしかして避《さ》けられてる……？）

困って天井《てんじょう》を見上げるも、やはり理由がわからない。

しかしポルンの薬について聞きたいし、ポルンのことも心配なのだ。無事にマリベルの許《もと》に帰って欲しい。

（それに、この小屋の臭いはとても懐《なつ》かしいのよね）

次はポルンについて質問できるといいなと思いながら、アシュリーもトウダに頭を下げて馬車へ戻った。


それから三日後、アシュリーは再びディオリ教会を訪《おとず》れた。この前と同じくすでにマリベルの姿があったが、沈《しず》んだ顔つきだ。

仕方ない。公爵家の令嬢《れいじょう》には家畜《かちく》小屋の掃除はきついだろう。

「掃除を始めるぞ」

トウダが変わらず仏頂面《づら》で言った。

手順はこの前と同じなので、時間はかかるが要領はわかる。

　それに小屋の中は魔国《まこく》を思い出して懐かしいのだ。楽しくなってきたアシュリーは、鼻歌でも歌いたい気分で汚《よご》れた牧草をフォークで集めた。

「おい、ちゃんとしろよ」

　不意に鋭《するど》い声が響《ひび》いて振《ふ》り返ると、トウダがマリベルをにらみつけていた。マリベルの足元には集めたはずの牧草とフォークが転がっている。

　やはり臭《にお》いがきついらしく何度も口元を押さえていたから、その拍子《ひょうし》に集めた牧草の上にフォークを落としてしまい牧草が散らばってしまったというところか。

「すみません……」

　泣きそうな顔でうなだれるマリベルに、アシュリーまでハラハラしてしまう。

「マリベル様——!」

　アシュリーの声をさえぎって、トウダがため息を吐《つ》いた。

「そんなに嫌《いや》か？　いつも司祭様や俺がやってることだ。——あんた、本当に司祭様に対して悪いと思ってるのか？」

「それはもちろんです……!」

　必死で訴《うった》えるマリベルに、トウダが怪《あや》しそうな顔をして小屋を出ていった。

「マリベル様、大丈夫《だいじょうぶ》ですか？」

　思わず声をかけると「はい……」と蚊《か》の鳴くような声が返ってきた。

（全然大丈夫じゃないわ！）

どうすればいいのかと考えていると、マリベルから力ない口調で聞かれた。

「アシュリー様は本当にこの掃除が平気なんですか……？」

「……はい」

理由はわからないけれど、肯定《こうてい》すればマリベルが傷つくとわかった。しかし上手《うま》くごまかせる能力はアシュリーには無い。

仕方なく頷くと、マリベルが顔を背《そむ》けた。細い背中から拒否されているのを感じる。

（……とりあえず掃除をしよう）

ポルンのためにも、そしてそれはマリベルが一番望んでいることだろうから。

アシュリーは再び牧草を集め始めた。

◆◆◆ ◆◆◆

あれからマリベルはほぼ二日おきに、家畜小屋の掃除をしにディオリ教会へ通っている。

ポルンが司祭に怪我《けが》をさせたことが悪いのだし、償《つぐな》いたいと心から思う。だから獣臭《けものくさ》さが漂《ただよ》う小屋を頑張《がんば》って毎回綺麗にしている。

しかし、きついのだ。特に臭いが耐《た》え難《がた》い。

（他《ほか》のことならよかったのに……。教会の子どもたちにお菓子《かし》を配ったり、本の読み聞かせをしたり）

こんなのは下級使用人の仕事ではないかと、汚れた牧草を集めるたび思う。

そんな自分が嫌だ。

ポルンをちゃんと見ていなかったのは自分なのに。そのせいで老司祭にひどい怪我を負わせた。トウダは厳しいけれど、言っていることはもっともだ。大事なポルンを無事に取り戻すためにも頑張らないといけないのに。

（それにアシュリー様も手伝ってくださっているわ）

その理由はまるでわからない。けれど毎回きてくれる。老司祭やトウダは、アシュリーがマリベルの親しい友人だとでも思っているかもしれない。

（アシュリー様には感謝している。自分一人なら毎回泣いて、掃除が終わらなかったかもしれないもの）

それなのにアシュリーに引け目を感じて、避けてしまう自分がいる。

（アシュリー様は素敵な方よね。美人ではなくても小柄《こがら》で可愛《かわい》らしい外見をしているし、あの家畜小屋の臭いをものともしない強い精神力を持っているわ。何よりあのクライド殿下に見初められたんだもの）

公爵令嬢《こうしやくれいじよう》という身分だけで他に秀《ひい》でたところを何も持たない自分とは、違《ちが》う世界の住人だ。

だから勝手だとわかっていても、傍《そば》にいるとますます自分がみじめに思えて辛《つら》くなってしまう。

昔、学園に入学したばかりの頃《ころ》、同級生から陰口《かげぐち》を叩《たた》かれているのを偶然《ぐうぜん》聞いてしまった。

『マリベル様って正直、顔もいまいちだし、性格も暗いし、いいところがないわよね』

『わかるわ。あるのはハールマン公爵家の令嬢という身分だけよね。入学する前はどんな素晴《すば》らしい方だろうと期待していたのに期待外れもいいところよ。無駄《むだ》身分というやつよね』

ショックだった。元々少なかった自信が砕《くだ》け散った。

両親が心配するから歯を食いしばって学園には通い続けたけれど、それ以来他人と会話するのが怖《こわ》くなった。相手が笑っていても心の内では自分を馬鹿《ばか》にしているのだろうかと疑ってしまう。

(私は何も持っていない……)

持っているのは身分だけだ。

(だけど、リラは素晴らしいものをたくさん持っているわ)

美人で明るくて、誰《だれ》とでも仲良くなれる。だから学園のアイドル的存在だったリラが話しかけてくれた時は本当に嬉《うれ》しかった。

リラといれば、少しだけ違う自分になれた気がした。

『私、宮殿《きゅうでん》に興味があるの。マリベルの従兄弟《いとこ》にもお会いしたいな』

リラからそう言われて、もちろんと喜んでよく宮殿へ連れていった。

誰にでも愛嬌《あいきょう》を振りまく要領のいいリラは、特にクライドを気に入ったようだった。美形で頭もよく、おまけに優《やさ》しい自慢《じまん》の従兄《いとこ》だから当たり前だ。

だがある時、ユーリから不思議そうに聞かれたのだ。

『マリベルはどうしてリラをそんなにも宮殿へ連れてきたがるの？』

『違います。私じゃなくてリラがきたがっているんですよ』

『そうなの？　でもリラは、マリベルが自分を連れてきたがるからついてきてあげているんだ、と言ってたよ？』

びっくりした。正直、それからもこのようなことがたびたびあった。

『失礼ですが、マリベルお嬢様はリラ様に利用されていませんか？』

乳母《うば》から申し訳なさそうに聞かれたことがあった。

『まさか。リラは友人だもの』

びっくりして否定した。

（それなのに今回こんなことになってしまって……）

老司祭の怒《いか》りはもっともだと思う。けれどもしポルンが処分されてしまったらと思うと怖くてたまらない。

ポルンは父がマリベルの誕生祝いに買ってくれた犬で、とても大事にしていた。おとなしい内気な性格が自分と似ていて、嫌なことがあった時もポルンを抱《だ》きしめれば癒《いや》された。大好きなペットだ。

（あの時、私がパーティー会場できちんと見てさえいれば……）

ポルンが豹変《ひょうへん》したのは薬のせいだったと聞いたが、それでもマリベルがきちんと見ていたらあんなことにはならなかったはずだ。

自分が悪いのだ。それなのにいつまで経《た》っても家畜《かちく》小屋の臭《にお》いに慣れることもできず、一緒《いっしょ》に掃除《そうじ》してくれるアシュリーに対して引け目を感じて避《さ》けてしまう。

こんな自分が嫌だ——。

（今日は教会へ行く日だわ）

小屋の掃除をしなければならないと思うと気が重い。

寝室《しんしつ》でのろのろと準備をしているとリラがやってきた。勝手に奥の衣裳《いしょう》部屋へ入っていく。

「マリベル、金の髪飾《かみかざ》りを貸して欲しいのよ。いいでしょう？」

マリベルは笑顔《えがお》で答えた。

「もちろんいいわよ。ねえ、最近宮殿へいっていると聞いたけど本当なの？」

「そうよ。クライド殿下《でんか》のお傍にずっといるの。アシュリー様なんかより私のほうがふさわしいと、王室関係者たちも魔術師《まじゅっし》たちも皆《みな》そう言うわ。やっぱり五年前のことは間違《まちが》いだった。私がクライド殿下と結婚《けっこん》すべきなのよ」

「そう……」

リラは友人だけれど、さすがにアシュリーとクライドはすでに婚約しているのに盗《と》っては駄目《だめ》だろうと思う。けれどそれを口に出してリラに嫌《きら》われるのは怖い。

そう思ったら、アシュリーが教会にきていることも言いそびれてしまった。

「この髪飾り、私のほうが似合うわよね。マリベルもそう思わない？」

リラが金の髪飾りを手に衣裳部屋から出てきた。マリベルは笑みを返した。

「ええ、本当にそう思う」

「そうでしょう？」

得意げに髪に着けるリラに、ゆっくりと言ってみた。

「私、今日もディオリ教会へいくの」

普段《ふだん》は自分の行動なんてリラは興味がないだろうから言えない。

けれど今は精神的にいっぱいいっぱいの状況《じょうきょう》で、友人になぐさめてほしかったのかもしれない。もしくは、よくやっているわと褒《ほ》めてほしかったのかも。

けれど、

「へえ。そうなんだ」

返ってきた言葉はひどく軽かった。興味がないのがわかる。さすがにショックを受けた。

黙《だま》ってしまったマリベルに気づいたのか、リラがとりなすような笑みを浮《う》かべた。

「嫌《いや》だ、そんな顔をしないで。わかってるわよ、大変ね。――ねえ、私はマリベルのことをとても心配してるのよ。友人なんだから当たり前でしょう」

「……そうね。ありがとう」

微笑《ほほえ》むと、リラが安心したような顔で出ていった。

暗い気持ちで馬車に乗り込む。リラの言葉を思い出した。

『アシュリー様って何の取り柄《え》もないじゃない。あれでクライド殿下が見初《みそ》めたなんておかしいわよ。何か強力なコネを使って無理に婚約したんじゃない？』

『……そうかしら？　そこまで言わなくても……』

『絶対にそうよ。だから私がクライド殿下を救い出してあげなくちゃいけないと思うの。マリベルもそう思うでしょう？　殿下はあのアシュリー様にだまされてるのよ。普通《ふつう》に考えたら、私とアシュリー様のどちらがクライド殿下にふさわしいか誰にでもわかるもの』

リラがそう言うのだからそうなのだろう。

馬車の小窓から教会の三角屋根が見えてきて気が滅入《めい》った。そんな自分がますます嫌になる。

マリベルは力なく馬車から降りた。

アシュリーがディオリ教会に到着《とうちゃく》すると、いつもと同じくマリベルがすでにきていた。

「では本日も小屋の掃除をよろしくお願いいたします」

老司祭の言葉に、トウダがアシュリーたちを見向きもせずさっさとヤギたちを放牧場へ放す。これもいつもと同じである。

アシュリーは、うつむいたままのマリベルと家畜小屋へ足を踏《ふ》み入れた。

小屋掃除にだいぶ慣れてきたのでさくさくと進む。しかし、

（マリベル様、やっぱり臭いがきつそうだわ）

青ざめた顔で汚《よご》れた牧草を片付けている。臭いにはなかなか慣れないらしい。アシュリーは気を遣《つか》ってその牧草をせっせと外に出した。小屋の裏へ持っていく。マリベルもそれに続いた。

その時だ。

「あっ……!?」

マリベルの悲愴《ひそう》な声が聞こえた。何事かと振《ふ》り返ると、マリベルが集めた牧草の上に不自然に右足を置いて固まっているではないか。蒼白《そうはく》な顔をしている。

(そこは汚れた牧草を集めたところよ。ということは——)

「……もしかして踏んでしまったのですか?」

ヤギの糞《ふん》を。

「だっ、大丈夫《だいじょうぶ》ですよ……! 糞を踏むくらい何でもありません! そう、私も昔、馬糞を投げられたことがありますから、それに比べたらなんでもありませんよ」

前世でのことだ。意地悪な黒狐《くろぎつね》が黒ウサギたちの大群に向かって投げてきたのだ。皆素《みなす》早《ばや》く避《よ》けたのだが、運悪くアシュリーだった黒ウサギの脇腹《わきばら》に当たってしまった。

ひどい臭《にお》いに泣きそうになり、急いで川で洗い落とした。仲間が大騒《おおさわ》ぎで、皆でごしごしと脇腹をこすってくれたっけ。

それを思い出して懸命《けんめい》になぐさめるも、よほどショックのようでマリベルの声が震《ふる》える。

「嘘《うそ》を言わないでください。仮にも伯爵《はくしゃく》家のご令嬢《れいじょう》がそんなことをされたわけがありません……」

でも本当のことなのだ。

マリベルが泣きそうな顔をした。

「どうして何も上手《うま》くできないの？　きちんと償《つぐな》いたいのに……手伝ってくれることにも感謝しているからせめてきちんと掃除をしてお返ししたいだけなのに……」

「マリベル様？」

戸惑《とまど》うアシュリーの前で、限界だとばかりにマリベルの目から涙《なみだ》が流れた。

そこへ騒動《そうどう》を聞きつけたのか、放牧場で草を食べていたはずの白ヤギが一匹《いっぴき》走ってきた。

マリベルに向かって前足を振り上げる。

(嘘⁉)

「いやあっ！」

恐怖《きょうふ》でマリベルの顔が歪《ゆが》む。頭を抱《かか》えてその場にしゃがみこんだ。

「マリベル様⁉」

アシュリーは咄嗟《とっさ》にマリベルの前へ出た。マリベルが危ないという気持ちと、草食動物仲間のヤギなのだから大丈夫ではないかという思いがあった。

だが――。

「メエエッ！」

白ヤギは仲間ではなかったようだ。そのままアシュリーに向かって突進《とっしん》してきた。

（嘘⁉　予想外だわ！）

楽天的だった自分を瞬時《しゅんじ》に後悔《こうかい》した。

「アシュリー様⁉　もうこれ以上誰《だれ》かを怪我《けが》させるのは嫌よ！」

マリベルが叫《さけ》ぶ。牧草をリヤカーに積んでいたトウダが血相を変えて駆《か》けつけようとしているのが、スローモーションのように視界に映った。

（ポルンといい、最近よく動物に襲《おそ》われるわ……！）

恐怖で変なことを考えてしまう。心臓が縮んだその時、

「メエッ」

「……えっ？」

大惨事《だいさんじ》——かと思いきや次の瞬間、ヤギは懐《なつ》っこくアシュリーの手を舐《な》め始めた。続いて、ぎこちなくマリベルの手も。

（助かったの……？）

驚《おどろ》くアシュリーとマリベルの前で、トウダも呆気《あっけ》に取られている。

畑からゆっくりと歩いてきた老司祭が小さく微笑んだ。

「どうやらヤギたちが懐いたようですね」

「えっ……？」

目を見張るマリベルに、

「たとえヤギでも、人間を何日も見ていればわかるんですよ。その者がどんな気持ちであろうと、一生懸命《いっしょうけんめい》自分たちの寝床《ねどこ》を綺麗《きれい》にしてくれることをね」

その言葉に、マリベルが泣きそうな顔でグッと唇《くちびる》を噛《か》みしめた。

唖然《あぜん》とするトウダの前で、ヤギはアシュリーの顔を親しげに舐め始めた。

「可愛《かわい》い……」

特にアシュリーには甘えるように頭を擦《こす》りつけてくる。いや、甘えるというよりは親愛の情か。

トウダが唖然とした口調でつぶやく。

「どうなってるんだ？　このヤギたちは本当に凶暴《きょうぼう》なんだぞ。そりゃ世話してくれる人間を認識《にんしき》するのはわかるが、ここまで懐くなんて……」

訳がわからないという顔のトウダの前で、アシュリーは笑顔でヤギの頭を撫《な》でた。短い毛が手のひらにくすぐったい。

老司祭がアシュリーに言う。

「あなたに懐くのはその理由だけではないのかもしれませんね。なぜか仲間のように思っている気がします」

（やはり草食動物仲間ね。さすが白ヤギさんだわ）

魔族《まぞく》の黒ヤギも懐っこい性格をしていたから。

「どうなってるんだ……？」

茫然《ぼうぜん》とつぶやくトウダの前で、アシュリーは穏《おだ》やかにヤギと戯《たわむ》れた。

隣《となり》で、おずおずとヤギの頬《ほお》を撫でていたマリベルがアシュリーを見た。頭を下げる。

「あの……かばってくれてありがとうございます」

「そんな、気にしないでください」

思わず飛び出していたのだ。

（ポルンに襲われた時はクライド様が助けてくれたのよね）

魔法で鮮やかに。無事でよかったと優《やさ》しく抱《だ》きしめてくれた。温《ぬく》もりと優しい手つきを思い出して、クライドに会いたくてたまらなくなった。

「ヤギたちはアシュリー様に懐いていたんですね……。全く知らなくて驚きました」

「私もびっくりしました」

でもよかったです、と笑うとマリベルが目を剝《む》いた。

「懐くと知らなかったんですか!?　じゃあ一歩間違《まちが》えたら大惨事に——」

「でもトウダさんが駆けつけようとしてくれていましたから」

アシュリーは微笑《ほほえ》んで続けた。

「私は本当に人と上手《うま》く話せないのでそれをどうすればいいのかはわかりませんが、一緒《いっしょ》にヤギ小屋の掃除《そうじ》ならできます。というか、やりたいんです」

老司祭の怪我が早くよくなるように、そしてポルンのために。

「それに一緒に靴《くつ》も洗えますよ！　ヤギの糞は乾燥《かんそう》しているからほとんど臭《にお》いはありませんし、きっと綺麗に取れますよ」

心から言うアシュリーにマリベルが泣きそうな顔をした。

「さあ、井戸《いど》へ靴を洗いにいきましょう！」

一歩踏み出した途端《とたん》、靴底に何かを感じた。

「あっ……」

前世で馬糞を脇腹に当てられたせいか、何を踏《ふ》んだのか見なくてもわかった。

一歩踏み出した状態のまま固まるアシュリーの前で、マリベルたちが青ざめた。

「もしかして……アシュリー様も踏んでしまわれたのですか？」

「本当かよ……」

「……そうみたいです」

アシュリーは恐《おそ》る恐る靴底を確認した。やはり踏んでしまっている。何てことだ。

「マリベル様、一緒に洗いにいきましょう」

真剣《しんけん》な顔で言うと「はい」と、マリベルが笑って頷《うなず》いた。

そして三日後、

「おはようございます、マリベル様――えっ？」

教会に現れたマリベルを見て驚いた。顔の下半分にスカーフを巻いている。

「それは一体――？」

トウダも老司祭も呆気に取られている。

マリベルはどこか吹《ふ》っ切れたような顔で、

「名付けて、ヤギ臭《しゅう》ガードです」

「何だそれ？」

「私、考えてみたんです。掃除はちゃんと行いたいですし、汚《よご》れた牧草にも慣れました。掃除自体も嫌《きら》いではないのです。ただ臭いが駄目《だめ》なのだと。ですから自作してみました」

鼻と口を覆《おお》えるようにスカーフを半分に折り、輪郭《りんかく》に沿うように縁《ふち》を縫《ぬ》ったとのことだ。それを後ろでピンで留めている。素晴《すば》らしい。

「素敵です、マリベル様！」

テンションが上がるアシュリーに、

「本当ですか？」

「ええ！　形もその花柄《はながら》もとってもキュートです！」

マリベルが照れたように笑った。

トウダの怪《あや》しむような小声がした。

「……司祭様、あれ素敵ですか？」

「価値観は人それぞれですよ」

「いや、あれは誰が見てもおかしいでしょう？」

「素敵ですよ、マリベル様！　最高です！」

「……そうか？」

首をひねるトウダと微笑む老司祭、そしてはにかむように笑うマリベルの前でアシュリーは笑顔で褒《ほ》め続けた。

掃除を始める。ヤギ臭ガードの効き目はかなりいいようで、マリベルの表情がいつもより明るい。よかったとアシュリーまで嬉《うれ》しくなった。

「次は床《ゆか》に水を撒《ま》かないといけませんね」

「そうですね。マリベル様、一緒に井戸へ汲《く》みにいきませんか？」

「はい！」

二人で協力して、ブリキのバケツに水を汲む。最初は手間取った作業だがだいぶ慣れた。

「何だか水汲みが早くなった気がします」

「私もです。すぐに手が痛くなっていましたが、今なら五杯《はい》くらいは余裕《よゆう》で汲めそうです」

　井戸の脇《わき》にはオリーブの大木がある。その枝に、使い古したハンカチが干してあるのに気がついた。だいぶ色あせているが、複雑なつる草模様が編み込まれている。

「綺麗な柄ですね。司祭様かトウダさんのものですかね？」

　マリベルも顔を上げて、気づいたように言う。

「あら、この模様はカスル国の織物ですね」

「カスル国？　あの東の小国ですか？」

「ええ。母が以前、カスルの手織り絨毯《じゅうたん》にはまっていて集めていたんです。複雑な草花の模様と色遣《いろづか》いが特徴《とくちょう》的なんですよ。綺麗ですよね」

「じゃあ司祭様かトウダさんがカスル国出身なのかしら？　遠いところからこられたんですねえ」

　バケツに水を溜《た》めながら話すアシュリーたちの頭上で、色あせたハンカチが風に揺《ゆ》れた。


　今夜の夕食にもクライドの姿はない。まだ宮殿《きゅうでん》から戻《もど》れていないのだ。

(寂《さび》しいなあ)

　早く会いたい。

もちろん他国の魔法という事情が絡《から》んでいて、アシュリーが言った黒犬に関することも調べてくれているとわかっている。

この前、宮殿でクライドを信じようとも決めた。けれど会えない日が長くなればなるほど、心の底に澱《おり》のようなものが溜まっていく。これは不安だ。

クライドが素敵な人だとわかっていたけれど、まさか五年前にリラとの結婚《けっこん》話が出ていたとは思わなかった。王室内で内々にだけの話だったとは言うが。

頭でわかっていても気持ちは別だ。そのことを考えると不安が増す。心をチクチクと刺《さ》してくるどうしようもない不安が。

これを解消できるのはクライドに会うことだけだ。直接会って、あの優しい笑顔で抱《だ》きしめられたら、それだけでこの不安が消えるのに――。

(駄目よ！)

暗くなっている場合ではない。五年前が何だ。クライドはいつだってアシュリーに優しいではないか。前世のことで一方的に怖《こわ》がっていたアシュリーを笑って許してくれた。そんなクライドを信じなくてどうする。

(そうよ。元気にならないと)

元気になること。それは薄暗《うすぐら》くて静かな部屋の中で、毛布にくるまってごろごろすることである。

今は季節柄薄い毛布だが、分厚い毛布でも布団《ふとん》でも何でもいい。頭から爪先《つまさき》まですっぽりとくるまれる大きさが重要なのである。種類や分厚さは季節によって変えればいい。

これが最高の元気回復法である。

（いざ！）

明かりを全《すべ》て消したら、窓越《ご》しに差し込む月の光だけだ。耳を澄《す》ませばガラス越しにフクロウや虫の声がかすかに聞こえる。

（最高だわ）

こうやってまどろむのが極上《ごくじょう》の――。

ノックの音がした。

「はいい！」

急いで飛び起きる。もう習性である。

顔を出したのはロザリーだ。

「紅茶はいかがですか？」

いつものように洗濯物《せんたくもの》を持ってきてくれたのかと思ったが違《ちが》う。ロザリーの手には銀の盆《ぼん》があり、湯気を立てる紅茶があった。

クライドが帰ってこないため、アシュリーを心配して様子を見にきてくれたのだ。

そのことに少し元気が出た。ごろごろ回復法もいいが、こういう回復法もいい。

そうだ。こうして心配してくれる人たちがいる。ロザリーだけではない。他のメイドたちもそうだ。最近おやつが豪華《ごうか》だし、人参《にんじん》のメニューもよく出る。

フェルナンもクライドが宮殿に行ってから、前以上ににこやかな笑顔《えがお》で話しかけてきてくれる。

ここはいい人ばかりでアシュリーは幸せだ。

「ありがとうございます」

笑顔で紅茶を受け取ると、ロザリーが安堵《あんど》したような顔をした。湯気を立てる紅茶からはほのかにカモミールの香《かお》りがする。

（確か、心を落ち着ける効果があるんだっけ？）

香りを吸い込むと、心の角のようなものが取れた気がした。

「美味《おい》しいですね」

笑って言うとロザリーも微笑《ほほえ》んだ。

「旦那《だんな》様がずっと宮殿にいらして寂しいですね」

そう。全てをひっくるめて正直に言うと寂しいのだ。うつむくアシュリーに、

「手紙を書いてはいかがですか？　宮殿へ会いにいくことは事情があってできないのだとフェルナンから聞きました。ですが手紙なら届けてもらうことは可能でしょう？　アシュリー様のお気持ちを書いて届けたら、きっと旦那様はお喜びになりますよ」

「手紙……そうですね。いいかもしれません」

そういえば以前、クライドから言われたことを思い出した。

『じゃあ手紙を書いてよ。アシュリーの気持ちを知りたいから』

(あれは何の時に言われたんだっけ？　——そうだわ。ブローチを贈《おく》った時よ)

クライドからいつもドレスや宝石などをもらう。そして寝心地《ねごこち》のいい薄《うす》い毛布ももらった。あれは嬉しかった。今も愛用している。少し大きめで、頭から爪先まですっぽりとくるまるのにちょうどいいのだ。

そんなことがあり、実家へ戻り母や妹と街へ出た時にお返しを買った。悩《なや》みに悩んで、ベストやジャケットの胸元《むなもと》に着ける男性用のブローチを買った。

流行に敏感《びんかん》な妹が言うには最先端《さいせんたん》の贈り物らしい。女性用のものは今までもたくさんあったが、男性用は最近出始めたようだ。色とりどりで派手なものが主流な女性ものとは違い、金か銀一色の、鷲《わし》や弓矢といったデザインもシンプルなものだ。

横で、あれがいいんじゃない？　いえこっちがいいわよ、とうるさいくらいにぎやかな母と妹の言葉に耳を傾《かたむ》けつつ、かっこいい剣《けん》のデザインを選んだ。

サージェント家に戻り、ご家族は元気だった？　と笑顔で聞くクライドに頷《うなず》き、ブローチを渡《わた》した。クライドは一瞬《いっしゅん》目を見開き、すぐに微笑んだ。

『ありがとう。嬉しいよ』

いつもと同じ穏《おだ》やかな口調だったけれど、心からの言葉に思えた。買ってきてよかったと喜ぶアシュリーに、クライドが笑って言った。

『着けてくれると嬉しいんだけど』

『もちろんです』

簡単に答えたけれど、いざ着ける段階になって戸惑《とまど》った。胸元に着けるということは距《きょ》離《り》がとても近いのだ。

普《ふ》段《だん》よく抱きしめられているのだから今さらどうこう思うことではない。結婚が決まっている婚約者なのだし。それでもいつも抱きしめてくるのはクライドからだし、アシュリーのほうから抱きしめたことはない。

ブローチを手に困るアシュリーに、クライドは楽しそうな笑みを浮《う》かべている。わかって言ったのだ。

ムッとしたこともあり妙《みょう》な勇気が出た。勢いともいう。いざ！　とアシュリーはクライドの胸元に鋭《するど》い針を突《つ》き刺した。

『――曲がってない？』

『……そうですね』

普段はそうでもないのに、やはり距離が近過ぎることもあり緊張《きんちょう》しているのか上手《うま》く着けられない。ちらりと見上げるとすぐそこにクライドの顔があるのだ。

おまけにアシュリーは頑張《がんば》っているのに、クライドが嬉《うれ》しそうにアシュリーの髪《かみ》を撫《な》でたり、頭にキスを落としたりしてくるので、そのたびに気が散って上手く着けられない。

(上下がないデザインのものにすればよかった……)

そうすれば少しくらい歪《ゆが》んでいてもわからないのに。

後悔《こうかい》したが遅《おそ》い。四苦八苦しながらちらりと顔を上げればクライドの笑顔がある。しかもアシュリーがこんな身近にいてこんなことをしてくれているという、とても嬉しそうな笑顔だ。

(うう——……)

顔が赤くなっていると思いながらアシュリーはやっとブローチを着け終えた。

(やっと上手くいったわ!)

達成感にむせぶアシュリーに、クライドは胸元についたブローチを見下ろして笑顔で言った。

『ありがとう。でも今夜服を脱《ぬ》ぐ時に外すから、また明日《あす》もよろしくね』

(そんなこともあったわね)

クライドの胸元に自分が贈ったものが着いているのを見るのは嬉しい。

しかしそれと実際に着けるのはまた別だ。四苦八苦しているアシュリーを見て、クライドが苦笑《くしょう》した。

『着けるのは苦手？』

『いえ。ただクライド様が相手だと緊張してなかなか上手くいかないだけで、これを着けてくれるのは嬉しいんです……』

恥《は》ずかしくて語尾《ごび》が小さくなってしまった。クライドが笑って言った。

『じゃあ手紙を書いてよ。アシュリーの気持ちを知りたいから』と――。


（手紙かあ。手紙ならそれほどハードルが高くないわよね）

あの形のいい緑色の目に見つめられるとドギマギしてしまうのだが、それがない。いいじゃないか。

（よおし、手紙を書くわよ！）

ロザリーが出ていき、アシュリーは寝室《しんしつ》の隣《となり》の部屋にある小さなデスクに座った。羽根ペンにインクをつけて意気揚々《いきようよう》と便箋《びんせん》に向かう。しかし――。

（書けない……どうして⁉）

いざ自分の想《おも》いをしたためようと思うと恥ずかしくて手が動かない。そこでようやく気がついた。これは伝える時に目の前にクライドがいないだけで、結局伝わるのは同じなのだ。そして伝わった後でクライドが目の前に現れるのだから一緒《いっしょ》ではないか。

　手紙だろうが直接伝えようが結果は同じであることにようやく気づいた令嬢《れいじょう》は、激しく悶《もだ》えた。

（いえ、でもちゃんと伝えないと。クライド様も知りたいと言ってたじゃないの）

　奮起して再び便箋に向かう。そして恥ずかしさを押し殺して、自分の気持ちをしたため始めた——。

◆◆◆　◆◆◆

　クライドのいる宮殿《きゅうでん》から戻《もど》ったリラはハールマン家へ向かった。マリベルが持っているエメラルドのイヤリングを借りようと思ったのだ。

（あの豪華《ごうか》なイヤリングは私にこそ似合うわ。マリベルは身分こそ高いけど、見た目はいまいちだものね。痩《や》せて貧相《ひんそう》な体つきだし顔も平凡《へいぼん》。おまけに性格がうじうじしていて暗いし）

　けれど公爵《こうしゃく》家の娘《むすめ》だから利用価値はある。

　マリベルがいつものようにすぐイヤリングを持ってきた。

「ありがとう。さすが友人ね」

そういう風に言うと、嬉しそうに笑う。こう言っておけば何でもしてくれるのだから安いものだ。装飾品《そうしょく》を貸してくれて、宮殿へ連れていってくれて、クライドも紹介《しょうかい》してくれた。

（でも私が友人でいてあげてるんだからおあいこよね。むしろ感謝してもらいたいくらい）

宮殿でクライドと一緒にいるし、全《すべ》てが順調だ。

（それにしても、アシュリー様が本当に噂《うわさ》通りで驚《おどろ》いたわ）

失笑してしまう。小柄《こがら》な体に平凡な顔立ち。何も秀《ひい》でたところがない。魔術師《まじゅつし》たちだって自分とクライドがお似合いだと言う。その通りだ。

（あのジャンヌとかいう魔術師だけはアシュリー様、アシュリー様とうるさいけど。それにハンクとかいう魔術師も、私が笑みを向けてあげているのにいぶかしそうな顔をしてくるわ。うっとうしいったら）

まあいい。五年前に結婚話《けっこん》が白紙になった時は心底悔《くや》しかったが、やはり自分がクライドと結婚すべきなのだ。

クライドとアシュリーは婚約しているが、クライドは王弟である。クライドが「アシュリーとの婚約を破棄《はき》してリラと結婚する！」と言えば誰《だれ》も何も言えない。

リラはその横でしおらしくしていればいいだけだ。その光景を想像すると愉快《ゆかい》で仕方ない。

「ねえ、リラ。前に『クライド様を盗《と》っちゃおうと思ってるの』と言ってたけど、あれは冗談《じょうだん》よね……？」

マリベルがおずおずと聞いてきた。

「どうして？」

「だってクライド殿下《でんか》はアシュリー様と婚約しているのよ？　アシュリー様は可愛《かわい》らしいし、とてもいい方だし、殿下が選ばれたのもわかるなと思って」

（はあ？）

内心、鼻白む。何を言い出すのだ。まさかアシュリーを褒《ほ》めるとは。ふざけるなと怒鳴《どな》りたいのをこらえて笑顔を向ける。

「嫌《いや》だ、マリベルは友人の私よりもアシュリー様の味方なの？」

「味方とかそういうんじゃなくて……」

（今日はずいぶんと諦《あきら》めが悪いわね）

いつもはリラが少し強めに言えばすぐに迎合《げいごう》するのに。

歯向かってくるマリベルに舌打ちしそうになった。

（でも構わないわ。クライド殿下は絶対に私をお選びになるもの）

顔も体もリラは自信がある。両方とも貧相なアシュリーとは大違《おおちが》いだ。

クライドの胸元《むなもと》のタイを直す時も、大勢の魔術師たちの前で見せびらかすように行った。

クライドは照れたように顔を背《そむ》けていたけれど、あそこにいた魔術師全員が目撃《もくげき》したのだから言い逃《のが》れはできない。

(やっぱり五年前のことは間違いだったのよ。クライド殿下と結婚するのはこの私。そのための種蒔《たねま》きは行ったんだから)

〈三〉　犯人は誰

「今日もディオリ教会へいかれるのですね？」

朝食後、フェルナンから聞かれた。

「そうです。マリベル様と一緒です」

実はこの間、家畜《かちく》小屋の掃除《そうじ》をして帰ったら服にも体にも臭《にお》いがついていて、ロザリーたちが大騒《おおさわ》ぎになったのである。

クライドのいない時にアシュリーに何かあったら大変だと、ロザリーが報告して深刻な顔のフェルナンから事情を聴かれた。

だがポルンが魔族の黒犬と似ていて親近感が湧《わ》いて――などと言えるわけもなく、

『マリベル様の飼い犬がパーティーでディオリ教会の司祭様に怪我《けが》をさせてしまって、その贖罪《しょくざい》として家畜小屋の掃除をしていて、私も手伝うことにしたんです』

と四苦八苦して伝えたら、なぜかあっさりと了承《りょうしょう》された。

「マリベル」と「ディオリ教会」の二つが鍵《かぎ》だと感じた。

（マリベル様はクライド様の従妹《いとこ》だからわかるけど、ディオリ教会はなぜ？　やっぱり、あの老司祭様が高名な方なのかしら？）

疑問だが、クライドと同じくらい本心を隠《かく》すのが上手《うま》いフェルナンの心中を見抜《みぬ》けるわけがない。

また追及《ついきゅう》して教会へいくのは駄目《だめ》だと言われたら大変だと、そこで止めてしまった。多少モヤモヤするが仕方ない。

教会へいくため馬車に乗り込むアシュリーを見送りながら、ロザリーが聞く。

「アシュリー様、旦那《だんな》様へのお手紙は書き終わったのですか？　宮殿への使いの者に渡《わた》しておきますが」

「手紙？」

フェルナンが聞き返すと同時に、アシュリーは慌《あわ》てた。

「わああっ、駄目ですよ、ロザリーさん……！」

(書き終えたけど、恥《は》ずかし過ぎて机の引き出しにしまったのよね)

不安があるゆえか、思った以上に想《おも》いの丈《たけ》を綴《つづ》ったものになってしまった。出すのはまたにしようと引き出しに封印《ふういん》したのである。

「なるほど。旦那様への愛の手紙ですね」

フェルナンがさらりと笑顔で言うので、いたたまれない。

「そうですよ。愛ゆえの可愛らしいピンク色の便箋です。ねえ、アシュリー様？」

ロザリーまでそんなことを言う。

「御者《ぎょしゃ》さん、早く出してください！」

アシュリーは恥ずかしさに耐《た》えきれず、声を上げた。

早く出発してと願う中、フェルナンが御者に「頼《たの》みます」と言った。壮年《そうねん》の御者は若い時に軍にいたとかで、クライドやアシュリーの護衛の役割を兼《か》ねているのだ。

「いってらっしゃいませ」

とてもいい笑顔《えがお》の二人に見送られて、焦《あせ》るアシュリーを乗せた馬車はようやく出発した。

（マリベル様のハールマン家の御者もそうなのかしら？　王室と縁戚《えんせき》関係にある公爵家だものね。そうかもしれない）

教会に着くと、ハールマン家の家紋《かもん》の入った馬車がすでに到着《とうちゃく》していた。

そしてその横の木に、馬が一頭紐《ひも》でつながれていた。誰かが乗ってきたのだ。

（司祭様にお客様かしら？）

あまり深く考えず聖堂へ足を踏《ふ》み入れた。

その瞬間《しゅんかん》、足が止まった。体の底から激しい感情が沸き上がる。これは恐怖《きょうふ》だ。

マリベルと仲良く話す後ろ姿。目に飛び込んできたのは鮮やかな金の髪《かみ》。

クライドと同じ色だがクライドではない。クライドより少し背が低い。一目見ただけだが誰だかわかる。

「……ユーリ殿下？」

薄《うす》い外套《がいとう》を羽織ったユーリが振《ふ》り返った。直系王族特有の緑色の目が視界に飛び込んできて、背筋がゾッとした。

（ひぃ――っ！）

宮殿《きゅうでん》での国王といい、突然《とつぜん》現れるのはやめてほしい。クライドの兄弟で何とか慣れたいと思っているのだから、もっと時間をかけて充分《じゅうぶん》な予告をしてからにしてくれないものか。

ユーリがアシュリーを認めて目を見開いた。

「あれ、君はクライド兄さんの婚約者《こんやくしゃ》だよね。どうしてこんなところにいるの？」

（勇者の子孫が容赦《ようしゃ》なく近づいてくるわ……！）

ユーリは不思議そうな顔で普通《ふつう》に寄ってくるだけだが、パニック状態のアシュリーには恐《おそ》ろしい以外の何物でもない。逃《に》げたいのに足が固まったように動かない。

「……ユーリ殿下はなぜここに？」

恐る恐る聞くと、

「ん？　宮殿の女性は見飽《みあ》きたから、たまには街外れの平民の女性でもどうかなと思って。そのついでに、マリベルのご両親から様子を見てきてくれと頼まれていたからきてみたんだ。帰ってくる娘《むすめ》が異様に臭いと心配されてたよ」

微笑《ほほえ》むと、元々甘い顔立ちをしているためさらに甘くなる。

そしてユーリが女好きという噂《うわさ》は本当だったのか。

「それで君はなぜここにいるの？」

ここで逃げては変に思われる。答えるより仕方ない。

「マリベル様と一緒《いっしょ》に、ヤギのお世話をしています。主に家畜小屋の掃除を」

「――えっ？」

ユーリが啞然《あぜん》とした。

（そうよ。ユーリ殿下《でんか》は怖《こわ》いけど、まずはいつもの通り掃除よ。ポルンのために、そしてヤギたちのために！）

マリベルがスカーフを取り出して顔の下半分に巻きつける。

（マリベル様のヤギ臭《しゅう》ガードだわ。相変わらず素敵《すてき》。……あら、あのスカーフは――）

「マリベル様！　この前と違《ちが》う柄《がら》ですね！」

前は花柄だったけれど、今日は縞模様《しまもよう》である。黄色とオレンジ色でとても華《はな》やかだ。マリベルが照れたように目を細めた。

「ええ。違うスカーフでも作ってみました」

「それも、とっても素敵ですよ！」

アシュリーも急いで馬車から持ってきた荷物を取り出した。ロザリーからもらった古いハンカチを縫《ぬ》い合わせたものだ。足のサイズぴったりで、甲《こう》で止められるように小さなボタンをつけてある。昨夜、ロザリーと一緒に作ったのだ。

「アシュリー様、それは何ですか？」

「靴《くつ》の上から履《は》こうと思いまして。名付けて、ヤギ糞《ふん》ガードです！」

これで万が一踏んでしまっても大丈夫《だいじょうぶ》である。

「マリベル様の分もありますよ。どうぞ」

「……ありがとうございます」

マリベルが笑顔で大事そうに受け取った。

早速《さっそく》、ヤギ糞ガードを靴の上から履いた。いい感じである。

「さあ、掃除にいきましょう！」

「はい！」

「――さっきから二人で何をしているの？」

怪《あや》しそうに眉根《まゆね》を寄せるのはユーリだ。しまった。マリベルの新しい縞模様に気を取られて忘れていた。

固まるアシュリーの前で、マリベルが笑って答えた。

「小屋のお掃除を快適に行うためのアイテムです」

「……マリベルってこんなことをするんだね。昔から知ってるけど意外だよ」

「そうですね、自分でも驚《おどろ》いています。けれどきっとアシュリー様のおかげです」

　ユーリが小さく目を見開いてアシュリーを見た。そして、

「へえ」

と、興味深そうに笑ったので背筋がゾクッとした。

　そこへトウダが入ってきた。ユーリを見て顔をしかめる。

「また貴族が増えたのか」

　王族の顔なんて知らないのだろう。金髪《きんぱつ》に緑色の目は少ないが他《ほか》にもいる。ただ格好や立ち居振る舞《いふま》いから、アシュリーたちと同じ貴族の子息だとでも思ったようだ。尊敬する老司祭に怪我《けが》をさせた貴族に。

　トウダがアシュリーたちに仏頂面《づら》で言う。

「早く家畜《かちく》小屋の掃除《そうじ》を――」

「もちろんです！　今すぐ、喜んで！」

　いいところにきてくれたと感謝でいっぱいだ。なぜか喜んでいるアシュリーに、トウダが訳がわからないという顔をした。

　全速力でマリベルと小屋へ向かう。王族だからさすがに糞尿《ふんにょう》の臭い漂う家畜小屋へはこないだろう。そう思って安心していたのに、

「本当に掃除をするんだね。びっくりだよ」

　扉《とびら》にもたれたユーリが驚いた顔をしている。

（……なぜ、ここまでいらっしゃったの？）

背筋がゾクゾクする。

ユーリなら宮殿のクライドの様子や、薬やポルンの調査状況《じょうきょう》についても知っているだろう。

（……でも怖くて聞けないわ）

知りたいことが山ほどあるのに。息を吐《は》いてふと顔を上げると、すぐ横にユーリが立っていた。

（ひい――っ！　全身に鳥肌《とりはだ》が――っ！）

怯《おび》えるアシュリーには気づかないのか、ユーリは気軽に話しかけてきた。

「僕さ、そろそろ結婚《けっこん》相手を選べと周りから言われてるんだよね」

「……はい？」

突然何を言い出すのか。恋愛《れんあい》経験のほぼないアシュリーにそんな相談をされても無理である。というか、とにかく離《はな》れたい。

そこでユーリが着ている薄い外套の裾《すそ》から、中に着ている服がちらりと見えた。

「周りの人を参考にすることにしたんだ。兄上は義姉《あね》上と仲がいいけどいわゆる国同士の政略結婚だから、クライド兄さんにしようかなと思って」

（あら、あのデザインは確か――）

「クライド兄さんは昔から女性に人気だった。色々あって人前には出なかったけど、それでも周りにいる女の子たちからモテていたよ。だから誰《だれ》でも選べたんだよね。それなのにどうして君を選んだのかな？」

「ユーリ殿下は近衛《このえ》兵団員なんですか？」

「――えっ？」

全く脈絡《みゃくらく》のないことを言い出したアシュリーに、ユーリが呆気《あっけ》に取られている。

アシュリーはもう一度聞いた。

「中に着ている制服は近衛兵団のものですよね？」

国王直属の兵団だ。国王の護衛や警備だけでなく、命じられて公的、私的な調査なども行う。その団員だったのか。知らなかった。

「――そうだよ」

ユーリが興味深そうに笑った。

「君、変わってるね。見てると面白《おもしろ》い」

（ひいっ！）

勇者の子孫に面白いと言われるなんて怖ろしい以外の何物でもない。

「わっ、私、手を洗ってきますね！」

脱兎《だっと》のごとく小屋から飛び出そうとすると、ちょうど老司祭が入ってきた。紙の束をユーリに渡《わた》す。

「ユーリ殿下、先ほど頼《たの》まれた信徒のリストです」

（リスト？）

このディオリ教会の信徒たちのものだろうが、なぜそんなものを欲しがるのか。

（もしかしてこのリストの中から美女を探そうとしておられるの⁉）

ものすごく真剣《しんけん》ではないか。怖いのにちょっと呆《あき》れてしまった。

「もちろん信徒全員ではありません。この辺りは、定住しておらず各地を転々としている者も多いので」

「わかっています。ありがとう」

老司祭とユーリの会話を背に、アシュリーは急いで小屋を出た。

井戸《いど》で手を洗いながら、これからどうしようと悩《なや》んだ。離れられたことにはホッとしているけれど、このままずっと手を洗っているわけにもいかない。

（でも小屋にはユーリ殿下がいらっしゃるのよ！）

掃除がしたいのにとても近づけない。

ふと脇《わき》に生えるオリーブの大木を見上げると、この間マリベルと見つけたカスル国のハンカチはもうなかった。

（……ポルンのことは何かわかったのかしら？）

クライドに会えないので、黒犬と同じ特徴《とくちょう》は薬のせいだとわかっただけだ。

(クライド様に会いたいなあ)

ポルンのこともちろんそうだが、ただクライドの姿が見たい。声が聞きたい。あのアシュリーに向けてくれる優《やさ》しい笑顔が見たい。

考えていたら胸がぎゅうっと締《し》めつけられた。

(そういえばジャンヌさんが人参《にんじん》クッキーを届けてくれた時――)

出不精《でぶしょう》なアシュリーはめずらしく街の本屋へ出かけて留守にしていた。サージェント家に戻《もど》ると、

(――えっ？)

不意に後ろから抱《だ》きしめられた。クライドだとわかった。そのまま右手を取られ、手の甲《こう》にキスをされた。

(何なの!?)

突然《とつぜん》のことに恥《は》ずかしいというよりは唖然《あぜん》としていると、右手をくるりと返されて手のひらに茶色の袋《ふくろ》が置かれる。ウサギの顔が大きく手描きされた、かすかに重みのある袋だ。

(ジャンヌさんがいつも手作りの人参クッキーを持ってきてくれる袋だわ)

アシュリーのためにせっせと焼いては、とろけるような笑顔《えがお》とともに手渡《てわた》してくれる。

アシュリーはいつも喜んで受け取る。

「ジャンヌさんがこられたんですか？」

「そうだよ。アシュリーに渡してくれと、フェルナンに言づけていったそうだ。アシュリーがいなくてとても残念そうな顔をしていたと」

「私も残念です……」

本当に残念だ。黒狼《こくろう》がいた時は毎日会えていたが、今ではたまにしか会えない。ぜひ会いたかった。しゅんと肩《かた》を落とすと、

「はい、どうぞ」

クライドが笑顔で、ウサギ形のクッキーをアシュリーの口元に差し出した。

(これは……私を元気づけようとしてくれているのが半分、照れさせようとしているのが半分ね)

前者はありがたいけれど後者は納得《なっとく》いかない。反発心が芽生えた。

(いつもと違《ちが》う反応をしなくては！)

いつもは恥ずかしくて真っ赤になって躊躇《ちゅうちょ》するところを、何とか堪《こら》えた。そして必死に平静を装《よそお》い、差し出されたクッキーを素早《すばや》く口に入れた。半ば奪《うば》い取るような感じになったがやり遂《と》げたのだ。

クライドがかすかに目を見開き、残念そうな顔をする。

人参とバターの香《かお》りがふんわりと香るクッキーは、いつも美味《おい》しいけれど今日は格別だった。満足して咀嚼《そしやく》していると、

「口元にクッキーの粉がついているよ」

クライドが微笑《ほほえ》み、アシュリーの口元を指でぬぐった。そしてその指先を舐《な》めた。

(粉がついているなんて嘘《うそ》だわ。クッキーは私が丸ごと口に入れたんだから……！)

そう思うのに、恥ずかしくて頬《ほお》が熱くなるのがわかった。

思い出すと今でも悶《もだ》えそうになるほど恥ずかしい。あの笑顔がいけないのだと思う。優しいのにどこか意地悪さを含《ふく》んだ、あの笑みが——。

「アシュリー様」

「はいい！」

びっくりして飛び上がりそうになりながら振《ふ》り返ると、マリベルが目を丸くしていた。

「大丈夫《だいじょうぶ》ですか……？」

「はい、大丈夫です！」

びっくりしているマリベルを見て思った。

(そうだわ。ポルンと薬について聞かないと)

「あの、ポルンについて聞きたいんですがいいですか？」

以前マリベルの顔が引きつったことを思い出し、慎重《しんちょう》に問いかけた。だがマリベルは多少吹《ふ》っ切れたのか、それともアシュリーが相手だからか、笑顔で頷《うなず》く。

「もちろんです」

「ポルンの青い爪《つめ》や目は処方された薬を飲んでからだと聞きましたが」

「ええ。その少し前から体を痒《かゆ》がるようになって、王都で有名な獣医《じゅうい》のところへ連れていったんです。青くなるのはただの副作用だからと言われて、信用してしまいました……」

ではやはり薬のせいなのだ。クライドが調べると言っていたがどうなったのだろう。

マリベルが言う。

「トウダさんから、ヤギたちの餌《えさ》作りをしてもらいたいとのことです。牧草だけでは足らない栄養を補給させるそうです。それで物置部屋から、餌に混ぜる麦を取ってきて欲しいとのことで、私これから取ってきますね」

（それは――）

「私がいきます、マリベル様！」

クライドとの思い出から我に返ってみれば、家畜《かちく》小屋にはユーリがいるのだ。これで少し時間が稼《かせ》げる。アシュリーは喜んで物置部屋へ駆《か》け出した。

教会の裏口から入ると短い廊下《ろうか》の先が聖堂、廊下沿いに小部屋が三つある。その一番手前が物置部屋と呼ばれているとは知っていたけれど、入るのは初めてだ。

しかし実際に入ってみると、そこは物置とはとんでもない、聖具置き場だった。布をかぶった神像や箱に入った聖画などが置いてある。普段《ふだん》は使わない聖具を置いておく部屋なのだ。

そこの入口付近に、麦や穀物の入った麻袋《あさぶくろ》が無造作に置かれていた。

（ここに置くのを司祭様が許しているのよね。意外に雑多な感じの方なのかしら）

それでも麦の入った袋を抱《かか》えたままめずらしくて室内を見回していると、積まれた木箱の蓋《ふた》が少し開いているのに気がついた。

何となく覗《のぞ》き込んでみる。立派な木彫《きぼ》りの神像の間に布袋が押し込まれるように入っていた。布袋には土がついている。

（さすがにご神像に土がつくのはまずいわよね）

老司祭は本当に構わない人なのだなと少し呆れて、麦の袋を置いて布袋を取り出した。外へ持っていって土を払《はら》おうとしたら、口紐《くちひも》が緩《ゆる》んでいたのか中身が床《ゆか》に落ちた。

「わあっ、しまったわ!?」

丸めた羊皮紙である。今は木材から作られた紙が主流なので古い時代のものだろう。

聖具かと思ったけれど紙の作りも粗《あら》いし、しみもついている。不思議に思い、興味本位で紙を広げた。

（えっ……？）

　ふさふさした黒い毛の四本足の動物が大きく口を開けていた。そこまではいい。しかし驚《おどろ》くことに、鋭《するど》く前を見据《みす》える動物の両目も爪も牙《きば》も青い。

(嘘……これ、黒犬さんの絵じゃない？)

なぜ魔族《まぞく》を描《えが》いた絵がここにあるのだ？　魔族の文献《ぶんけん》や書物はどこにも残っていないはずなのに――。

　愕然《がくぜん》として突《つ》っ立っていると、

「こんなところで何をしているの？」

　背後から突然声をかけられて心臓が止まるかと思った。叫《さけ》び声を上げなかったのが奇跡《きせき》なくらいだ。

　恐《おそ》る恐る振り返ると、ユーリである。全く何てタイミングで現れるのか。

　しかもいぶかしげにアシュリーを見ながら中へ入ってくる。

(ひいいっ！　こないで！)

　二人きりで小部屋《かく》にいるなんてとても耐《た》えられない。それに――。

(黒犬さんの絵を隠さないと！)

　咄嗟《とっさ》に思ったが遅《おそ》かった。

「それは何？」

　と、背後から紙を覗き込まれる。

（どうしよう!?　――あれ、ちょっと待って。大丈夫じゃないかしら？）

焦《あせ》ったけれど、これが魔族の絵だなんてユーリにはわからないのだ。目や牙が青いだけの、ちょっと不思議な黒い犬にしか見えないはずである。

「ただの黒い犬の絵です！　聖具かもしれませんね」

早口で言い、布袋に紙を押し込む。そして脱兎《だっと》のごとく部屋から出た。

家畜小屋の前まで走り、大きく息を吐《は》く。危なかった。しかしなぜ黒犬の絵がこの教会にあるのか。老司祭のものか？　そうだとしたら、あの絵が魔族だと知っているのか？

混乱したが、とりあえずクライドに届けないといけない。ポルンを助ける手助けになるはずだ。

ユーリからクライドにあの羊皮紙を渡《わた》してもらおうかと考えたが、黒狼の時にはユーリはクライドの敵だった。というより王宮全《すべ》てが魔族を敵だと思っている。

ユーリに渡して大丈夫なのか？

（……わからない）

考えることがいっぱいで思考がまとまらない。

（とりあえず、あの絵をもう一度きちんと確認《かくにん》しないといけないわ。それでどうするか決めよう。……でも今はユーリ殿下《でんか》がおられるから無理よね）

そこで小屋の中からマリベルが顔を出した。手ぶらで立っているアシュリーに首を傾《かし》げる。

「アシュリー様、麦はどこですか？」

（しまった！　置いてきてしまったわ！）

黒犬の絵とユーリに気を取られていた。何てことだ。うなだれて謝る。

「忘れました。すみません……」

きょとんとするマリベルの後ろでトウダが顔をしかめている。麦を取りにいったのに麦を忘れるとは何事だと言いたいのだろう。

「大丈夫ですよ、アシュリー様。私が取ってきます」

「ありがとうございます、マリベル様！　心から恩に着ます！」

「……そんな大げさな」

笑って物置部屋へ向かうマリベルの後ろ姿に、アシュリーは全力で感謝した。


物置部屋へ入ったマリベルは驚いた。

「ユーリ殿下？　こんなところでどうされたのですか？」

「ああ、マリベル」

振り返ったユーリが笑う。ユーリは年が一番近い従兄《いとこ》ということもあって話しやすい。

「ちょっとこれを見てくれない？　何の動物に見える？」

ユーリが古い羊皮紙を広げた。

（ふさふさした黒い毛が体を覆《おお》っているわ。でも目や牙が青いの？　架空《かくう》の生き物の絵かしら？　だけど何の動物に見えるかと聞かれたら――）

「イノシシですかね。それか狼《おおかみ》」

「やっぱりそうだよね。この絵だけじゃ何の動物かわからないよね。これは犬だよ。黒い犬」

驚いた。

「犬ですか？　犬には見えませんね」

「やっぱり普通《ふつう》はそうだよね」

扉《とびら》を見つめて、ユーリが含《ふく》みのある言い方をした。

「それにしてもマリベルの格好、すごいね」

呆《あき》れたような口調は、ヤギ臭《しゅう》ガードとヤギ糞《ふん》ガードに対してだろう。

「とても公爵家《こうしやく》の令嬢《れいじょう》には見えないよ」

マリベルは微笑《ほほえ》んだ。以前ならこんなことを言われたら萎縮《いしゅく》して落ち込んでいただろう。

ああ、やはり自分は駄目《だめ》なのだと。けれど――。

「もう人目を気にするのはやめたんです。どう思われようと、自分のしたいことをしてみようと思って」

「へえ」

ユーリが目を見張り、そして笑みを浮《う》かべた。

「償《つぐな》いのためとはいえマリベルが家畜《かちく》の世話をしていると知った時は大丈夫《だいじょうぶ》かと心配したけど、結果的によかったみたいだね」

「ええ」

本当によかったと思う。アシュリーのおかげだ。

言わずともマリベルの心の内を読み取ったのか、ユーリが興味深そうに微笑んだ。


それから三日後、アシュリーはいつもより早く教会へ到着《とうちゃく》した。掃除《そうじ》の前に黒犬の絵をもう一度確認したいと思ったからである。

三日前は結局あれから、ユーリがずっと物置部屋にいたため近づけなかったのだ。

(でもユーリ殿下はもう教会へこられないはずよ。マリベル様の様子は確かめられたのだし、あれはただの黒い犬の絵なんだから興味を持つ理由がないもの)

しかし――。

(なぜ今日もいらっしゃるの!?)

聖堂にはすでにユーリの姿があった。しかもアシュリーを認めるやいなや、見つけたというように目を輝《かがや》かせて親しげに手を振《ふ》ってきた。なぜだ。泣きたい。

「おはようございます、アシュリー様」

聖堂に入ってきたマリベルが救いの神に見えた。

逃《に》げるように家畜小屋へ向かうと、トウダが相変わらずの仏頂面《づら》で言う。

「今日は掃除の前に、ヤギの乳搾《ちちしぼ》りをする」

「乳搾り?」

(そういえば前世で、手先の器用な黒ゴリラさんが黒ヤギさんの乳搾りをしていたわ)

魔王と側近たちに献上《けんじょう》するためにだ。黒ウサギはその様子を一度、仲間たちとこっそり見にいったのだが、泡立《あわだ》つヤギの白いミルクはとても美味《おい》しそうだった。

(あの乳搾りができるの?)

ちょっとわくわくするではないか。

転生して貴族令嬢になったからミルクは好きなだけ飲める。だが搾《しぼ》りたてのミルクは飲んだことがない。もちろん乳搾りもしたこともない。

「私にできるでしょうか……?　でも頑張《がんば》ります」

不安そうだがやる気を見せるマリベルの前で、トウダがヤギたちを小屋から出した。三匹《びき》が思い思いに放牧場へ広がり、草を食べ始める。

「メスヤギは二匹だ。どちらも気性《きしょう》が荒《あら》い――荒かった」

渋々《しぶしぶ》言い変えたのは、ヤギたちがアシュリーとマリベルに懐《なつ》いたからだろう。

トウダについて一匹のメスヤギへ近づいた。

（なぜユーリ殿下までついてこられるの？）

王族が乳搾りになんて興味ないだろう。勘弁《かんべん》して欲しい。

しかしアシュリーの願いとは裏腹に、ユーリは当然のような顔をしている。目が合い、笑みを向けられて恐怖《きょうふ》が湧《わ》いた。

メスヤギはアシュリーたちに見向きもせずに草を食べている。

「このヤギの乳を搾ってもらう。ちなみに名前はユーリちゃんだ」

（まさかの一緒《いっしょ》の名前⁉）

恐怖を忘れて思わず後ろを振り返ると、ユーリが複雑そうな顔をした。

「変な顔をしてどうした？　何かあるのか？」

トウダはユーリが王族だということを知らなければ、名前も知らないのだ。

ユーリが肩《かた》をすくめた。

「何でもないよ。いい名前だね。高貴で麗《うるわ》しくて、この白ヤギにぴったりだよ」

「そうか？　以前、この教会で手伝いをしていた口うるさい婆《ばあ》さんの名だぞ」

「──まあ一概《いちがい》にユーリといっても、色々なユーリがいるからね」

あくまで認めない。負けず嫌《ぎら》いは兄譲《あにゆず》りか。

そこへ老司祭がゆっくりとやってきた。歩き方はまだぎこちないが、足を引きずってはいない。マリベルが少し安堵《あんど》したのがわかってアシュリーも嬉《うれ》しくなった。

「ユーリ殿下《でんか》、頼《たの》まれていたものです」

また紙の束を持っている。ユーリが素早《すばや》く老司祭の許《もと》へいき、まるでこの場で聞かせたくないように老司祭を聖堂のほうへ促《うなが》した。

（何かしら？　また教会の信徒のリスト？）

第二段か。もしやさらに美人の女性を探そうとしているのか。呆れて乳搾りに集中しようとすると、遠ざかっていく老司祭の言葉が少しだけ聞こえた。

「信徒の出身国……わからない者のほうが多いですが……」

（出身国？　もしかして美女が多い国から選ぼうと思っているの⁉）

幸いにも聞こえたのはアシュリーだけだったようで、トウダとマリベルはヤギユーリに集中している。

地面に片膝《かたひざ》をついたトウダが、ヤギユーリの背に右手を置きながら説明した。

「まずユーリの後ろ足をしっかり開かせる。動かれると搾りにくいからちゃんと押さえるんだ。だがきつく押さえ過ぎても暴れるし、時間がかかるとまた暴れるから短時間で搾るのが鉄則だ」

（なるほど。そうなのね）

アシュリーとマリベルは真剣《しんけん》な顔で頷《うなず》いた。そこでトウダが振り返り、大声を上げた。

「おい、お前！　暇《ひま》だろう。ユーリの足を押さえるのを手伝え」

しかめ面《つら》でこちらを見たのは、一人になってリストを見つめていたユーリだ。

（トウダさん、何てことを言うの!?　せっかくユーリ殿下が離《はな》れたところにいかれたのに……）

「僕、暇じゃないんだけど」

「うるさい。男手があったほうがいい」

そこでマリベルが恐《おそ》る恐る口を開いた。

「あの、トウダさん。その方はいいんです。むしろ乳搾りをしていい方では──」

（素晴らしい意見です、マリベル様！）

感動するアシュリーの前で、トウダが眉根《まゆね》を寄せて一蹴《いっしゅう》した。

「足を押さえる奴《やつ》が必要だ。ヤギの足の力は強いんだぞ。懐いていても動物だ、何があるかわからない。蹴《け》り飛ばされたいのか？」

「いいえ、まさか！　殿──いえ、従兄《いとこ》様、よろしくお願いいたします」

（マリベル様――!?）

マリベルがあっさりと陥落《かんらく》し、ユーリも乳搾りに参加することになってしまった。

「始めるぞ」

（どうしてこんなことに……でも乳搾りはしたいのよ！）

トウダが持ってきた丸いボウルを、ヤギユーリの腹の下に入れる。

「まず片手で乳を挟《はさ》む。人差し指と親指でつかんで、中指から順に握《にぎ》っていくんだ。そうしたら――」

トウダの指の間から、白いヤギの乳が一本の線のように勢いよくボウルに注ぎ込まれた。

「すごいですね！」

感動のあまり、ユーリのことも忘れて声が弾《はず》んだ。

隣《となり》でマリベルとユーリも感心したように目を丸くしている。その反応が嬉しかったのか、トウダがかすかに顔をほころばせた。

（あら、トウダさんが……）

普段《ふだん》は厳しいトウダの素顔が見られた気がした。くすぐったいような嬉しい気持ちになる。

だがトウダはすぐに、いつもの仏頂面に戻《もど》った。

「じゃあやってみろ。ユーリは今一番好きなネムノキを食ってるから、こっちに関心を向けていない。今のうちに手早くやるんだ。どっちからやる？」

（やってみたい……！）

うずうずするアシュリーにマリベルが微笑《ほほえ》んだ。

「アシュリー様、お先にどうぞ」

「いいんですか⁉」

「もちろんです」

「何でそんなに嬉しそうなの？」

ユーリのいぶかしげな声が聞こえたが、アシュリーは嬉々《きき》としてヤギユーリの脇《わき》にしゃがんだ。右手で恐る恐る乳房《ちぶさ》をつかむ。とても柔《やわ》らかい。

（黒ゴリラさんが魔王《まおう》様や黒狼《こくろう》様に献上していたミルクと同じものが搾れるのね！）

まさか叶《かな》う日がくるとは思わなかった。感動するアシュリーの斜《なな》め前で、トウダがマリベルに言う。

「このボウルを持つんだ。勢いよく注ぎ込まれるから、こぼさないようにしっかり持てよ」

「はい……！」

口調は相変わらずぶっきらぼうだが、ここへ初めてきた頃《ころ》に感じた険がなくなったように思う。

アシュリーはヤギユーリの腹の下に膝《ひざ》を滑《すべ》り込ませ、期待に胸をふくらませて乳を握った。だが――。

（あれ？　どうして出ないの？）

ヤギユーリが草を食べるたびに毛のない腹が揺《ゆ》れるし、乳も充分《じゅうぶん》過ぎるほど張っている。

それなのにいくら握っても全く出ないのだ。

（なぜ!?）

技術が足りないせいかと、ちょっと落ち込んだ。

（前世で黒ヤギさんの乳を搾《しぼ》っていた黒ゴリラさんは器用だったのね……。そうよね、黒狼様の毛をブラシで梳《と》かす役目をいただいていたほどだもの）

しかし以前サージェント家の厩舎《きゅうしゃ》で、アシュリーも念願だった黒狼のブラッシングができたのだ。諦《あきら》めてはいけない。

「引っ張るんじゃなくて下に送っていく感じだ」

「わかりました」

トウダの忠告通りに何度もやってみると――。

「出たー！　出ましたよ!!」

白い乳が勢いよくジュー！　という音を立ててボウルに注ぎ込んだ。

「やりましたね、アシュリー様！」

「へえ、すごいじゃん」

歓声《かんせい》を上げるマリベルと目を見張るユーリ。その前でトウダがしかめ面で頷いた。

「よし、その調子だ」

「はい！」

(さあ、もっとやるわよ！)

しかしヤギユーリがじっとしているのに飽《あ》きたようで、不意に後ろ足を振《ふ》り上げた。

(えっ⁉)

驚《おどろ》きのあまり乳房を強く握ってしまい、白い乳が勢いよく飛び散った。

「きゃあっ！」

「うわっ！」

「ひゃああっ、私ったら何てことを！　ごめんなさい！」

トウダは慣れているのか間一髪《かんいっぱつ》で避《よ》けたが、アシュリーとマリベル、そしてユーリはまさにミルクまみれである。

(公爵家《こうしゃくけ》のご令嬢《れいじょう》と王族をミルクまみれにしてしまったわ！)

どうしようと焦《あせ》った。けれど青空の下でこのような状況《じょうきょう》に陥《おちい》っている自分たちに、不意に笑いが込み上げた。

「アシュリー、何を笑っているんだ⁉」

ユーリの渋《しぶ》い声が飛ぶが、笑いが収まらない。

す。


「すっ、すみません……！　だって皆《みな》さん、ミルクまみれで……」

マリベルもつられたように笑い始めた。続いてユーリも仕方ないといったように笑い出
呆《あき》れた顔をするトウダの前で、アシュリーたちは笑い続けた。

抜《ぬ》けるような空は雲一つない。ヤギユーリがメエーと鳴く中、トウダがコップを持って
きて、ボウルからヤギのミルクをすくった。アシュリーに差し出す。

「飲むか？」

「ありがとうございます！」

体は疲《つか》れているし喉《のど》も渇《かわ》いている。今までにもヤギのミルクを飲んだことはあるが、自
分たちで搾ったものだと思うと格別である。

「ヤギの乳は食べる草で味が変わるからな。今日のはちょっと青臭《あおくさ》いがまあまあだ」

続いてマリベルも恐る恐る口をつけて、

「美味《おい》しい」

と、頬《ほお》を緩《ゆる》ませた。


乳搾《ちちしぼ》りを終えて、マリベルとユーリが井戸《いど》で手を洗っている間にアシュリーは再び物置

部屋へ向かった。

緊張《きんちょう》しながら木箱を開けると、前と同じく布袋《ぬのぶくろ》の中に羊皮紙が入っていた。どうやらユーリは元通り置いていったのだとホッとした。

（よかった。やっぱりただの犬の絵だと思われたのね）

しかし一体、誰《だれ》が描《か》いたのか。羊皮紙は古いものだが、さすがに六百年前のものではない。紙の左下に文字のような記号のようなものがうっすらと書かれているが、かすれていてよくわからない。

（だけどこれを描いた人は黒犬さんに会ったということよね）

黒狼と同じく黒犬も生き残っていたのか。しかし魔王の側近で魔王に次ぐほどの魔力を持っていた黒狼とは違《ちが》い、黒犬は魔国の一般《いっぱん》兵士だった。そこまでの魔力はなかった。

（わからないわ。でも本当に黒犬さんの絵だったらポルンと関係あるわよね？）

黒犬の特徴《とくちょう》を持つポルンと、古い黒犬の絵。偶然《ぐうぜん》ではないだろう。そうしたら何とかしてクライドに知らせないといけない。

考え込んでいたせいで、部屋に入ってくる足音に気がつかなかった。

「またその絵を見ているの？」

（ひいっ！）

振り向かなくても、その声がユーリだとわかった。鼓動《こどう》が激しくなる。同じ部屋にいるということでただでさえ怖《こわ》いのに、ユーリがすぐ隣に立った。

「君はカスル国の古文字が読めるの？」

「いえ。トルファ国のものだけです」

「そう」

口調が変わった。ユーリがじっとこちらを見つめているのが気配でわかる。前世で黒ウサギだった時の警戒心《けいかいしん》が働く。

「紙の左下にカスルの古い文字で『黒犬』と書かれてあるんだよ。でも君は読めないんだよね？」

（そうなの!?）

ギョッとするアシュリーをユーリが見据《みす》えた。

「それにこの絵だけど、君はよく犬だとわかったね。目や牙《きば》が青いし、それにこの顔。とても犬には見えないよ。なぜ犬の絵だとわかったの？」

しまった。固まるアシュリーにユーリが低い声で続ける。

「この絵はね、六百年前に滅《ほろ》びた魔族を描いたものなんだよ」

息を呑《の》んだ。なぜユーリがそのことを知っているのだ？　混乱した。

「君は何なの？　サージェント家の厩舎にいた時も、まるでクライド兄さんの味方のような顔をして厩舎の前にいたと、兄上が言ってたよ。クライド兄さんは頑固《がんこ》で人の意見を聞かないところもあるけど、決して無関係の他人を巻き込むような人じゃない。それに今もそう。なぜ全《すべ》てを知ったような顔をしているの？」

何と答えればいいのかわからない。答えようがないのだから。

「……言えません」

「何を言っているの。答えるまで逃《に》がさないから」

（クライド様と違うわ！）

サージェント家の厩舎でクライドは見逃《みのが》してくれたのに。

やはり、あの恐《おそ》ろしい勇者の子孫だ。どうしよう。どうすれば上手《うま》く言い逃れができるのか。

決して逃がさないというように、ユーリの顔がさらに近くなった。恐怖《きょうふ》のあまり、考えるより先に言葉が出ていた。

「いっ、犬に見えたんです！　私、絵が不得意なので！　昔からそうなんです。絵だけではなくお裁縫《さいほう》や刺繍《ししゅう》もすぐに縫《ぬ》い目が歪《ゆが》んでしまうし、複雑な模様を縫える人は尊敬します。そういえば司祭様かトウダさんの持っていたカスル織りのハンカチもすごく綺麗《きれい》でしたね！」

「カスル？　司祭様は王都の出身だよ。トウダがカスル国の出身なの？」

追及《ついきゅう》の手が緩み安堵《あんど》して、マリベルと見つけた枝にかかっていたハンカチの話をした。

ユーリが真剣《しんけん》な表情で考え込む。

「君はポルンと薬のことを知っているんだよね？　薬を作った犯人――おそらく複数犯だけど、そのうちの一人がカスル国出身らしいとわかったんだ」

「そうなんですか⁉」

ユーリはクライドとつながっていたのか。そして教会へきたのは、美女探しではなく犯人を捜《さが》すためだったのか。

だから老司祭から信徒のリストや出身国を教えてもらっていたのだ。納得《なっとく》したが、

「でもなぜディオリ教会にこられたんですか？」

「それは内緒《ないしょ》。だけどこの絵を見つけたから合っていたみたいだ。おそらく犯人がカスル国から持ち込んでここに隠《かく》した。そして犯人はここへ自由に入れる教会の信徒だね」

トウダだと言っている。

頭の中が真っ白になった。トウダがカスル出身だろうと告げたのはアシュリーだ。

「これからトウダを宮殿《きゅうでん》へ連れていって尋問《じんもん》するよ。君がなぜ黒犬の絵を見抜《みぬ》いたのかはその後で」

（トウダさんは犯人じゃないわ）

言葉や表情は厳しいが、それは尊敬する老司祭の怪我《けが》を思いやってのことだ。

それにぶっきらぼうながらも、きちんと小屋掃除《そうじ》や乳搾りのやり方を教えてくれた。マ

リベルとアシュリーがヤギに襲《おそ》われた――勘違《かんちが》いだったけれど――時は、血相を変えて助けようとしてくれた。だから、

「トウダさんではないと思います……」

怖いながらもはっきりと口にした。

「なぜ？」

「いい人なので」

「あのねえ、いい人に見える者が一番犯罪を犯《おか》す率が高いんだよ。それにどう見てもあれは悪役顔だろう」

「でも違います。トウダさんは言葉に訛《なま》りもないですし、それに信徒の中に他《ほか》にもカスル国出身の人はいるでしょう？」

信徒たちは自由に教会の敷地《しきち》を歩けるので、牧草を運んでいるとたまに知らない人を見かける。物置部屋にも井戸にもいけるのだ。

ユーリは怖いけれどトウダのためだ。恐怖に耐《た》えて食いつくアシュリーに、ユーリが眉《まゆ》根《ね》を寄せた。

「子どもの頃《ころ》にトルファへきたのなら訛りはないよ。確かに他にいるかもしれないね。それもまとめて宮殿で話を聞く」

「そんな……！」

「まあ、以前司祭様が聞いた時トゥダは、自分は王都の出身だと言ったらしいけどね」

「ではそうなんですよ」

「あのねえ、人間は嘘《うそ》をつくんだよ。特に犯罪者は」

トゥダを犯人と決めつけている。愕然《がくぜん》とした。けれどどうしてもトゥダが犯人とは思えないのだ。迷った末に言った。

「トゥダさんがカスル国出身ではなく王都出身だと証明すればいいんですね。私がやります」

「えっ？」

ユーリが唖然《あぜん》とした。


(よおし、証明するわよ！)

アシュリーは畑で土を耕しているトゥダの許《もと》へいった。突然《とつぜん》近づいてきたアシュリーにトゥダがいぶかしげな顔をする。

(証明なんて簡単でしょう)

納屋《なや》の陰《かげ》からユーリがこちらを覗《のぞ》いている。

「トゥダさんの出身はどちらなんですか？」

聞いてみればいいのだ。

直球過ぎるだろう！　と言いたげにユーリが愕然とした顔をした。

トウダは眉根を寄せて、

「何で？」

「どこなのかなと思いまして。ちなみに私はこのトルファ国のカタリナ出身です。トウダさんの出身も『カ』のつくところではないですよね？」

「あんたには関係ない」

鍬《くわ》をかついで隣《となり》の麦畑へいってしまった。

(駄目《だめ》だったわ……いいえ、次よ次！)

決意するアシュリーにユーリが呆《あき》れた顔で言う。

「君、信じられないくらい嘘をつくのが下手だね」

人選を間違《まちが》えた気がする、とぶつぶつつぶやいている。

「いいえ、大丈夫《だいじょうぶ》です！　次ですよ、次！」


それから三日後。トウダが山盛りの牧草をリヤカーで運んでいる。マリベルの母の持ち物であるカスル国の織物の壁掛《かべか》けを借りていたアシュリーは、トウダに見せてみた。

「この壁掛け、綺麗ですよね。繊細《せんさい》な模様が特に」

「そうか？」

「これと似た模様の古いハンカチが干してあるのを、前に井戸《いど》の横で見つけたんですが、トウダさんのものですか？」

「違う」

戻《もど》ってユーリに報告する。

「トウダさんのものではないそうです」

「そりゃ、そう言うだろうね」


次はカスル国の文字をユーリに紙に書いてもらった。

「何て書いたんですか？」

「内緒」

トウダのところへ持っていき、

「トウダさん、これ何て書いてあるか読めますか？　私には読めなくて」

「知るか」


さらに三日後。カスルの伝統的な食べ物、ジャガイモのチーズがけをロザリーに作ってもらって持ってきた。出身なら懐《なつ》かしくて食いつくはずである。

「トウダさん、どうぞ」

「何だよ？」

「お好きかなと思いまして」

「ジャガイモは嫌《きら》いだ」


それからさらに三日後、ユーリが黒い犬を連れてきた。黒い小型犬。

「これをトウダに見せて反応を――」

「キャンキャン！」

（ひい――っ！）

吠《ほ》えられたのはアシュリーだ。

「アシュリー様、大丈夫ですか!?」

助けにきてくれたマリベルに感謝してすがりついた。


「アシュリー、君はいつまでやる気なの？」

「お言葉ですが、トウダさんはこれだけ無反応なんですからやはりカスル出身ではなく王都出身だと思います」

「――あのねえ」

「あの羊皮紙はクライド様に渡《わた》してくださったんですよね？」

「――君はたまに人の話を聞かず、自分軸《じく》で勝手に会話を展開するね。ちゃんと王宮へ持っていった。安心していいよ」

(よかったわ)

笑顔《えがお》になるアシュリーにユーリが呆れた顔をする。そして顔を背《そむ》けて面白《おもしろ》そうに小さく笑った。

アシュリーは朝食を食べ終えた後で図書室に移った。大事な書物も置いてあるため、窓には分厚いカーテンがかかっている。

(朝でも薄暗《うすぐら》いなんて最高よね)

おまけに静かだ。ごろんとソファーに寝転《ねころ》がって本を読んでいたら、ロザリーが呼びにきた。

「アシュリー様、お客様ですよ」

「私にですか?」

「ええ。旦那《だんな》様との共通のご友人とのことで。応接室にお通しいたしました」

(誰《だれ》だろう?)

以前、白ウサギを預けたレイター伯《はく》か。それともマリベル？　しかしレイター伯ならクライドのいる時にくるだろうし、マリベルなら友人ではなく従妹《いとこ》だと名乗るだろう。

（あれ、そもそもロザリーさんはお二人とも知っているわよね？）

一体誰だと不思議に思いながら応接室へ向かった。

そこにいたのは――。

「……リラ様？」

立って、壁《かべ》に飾《かざ》られた絵画を眺《なが》めていたのは何とリラだ。

途端《とたん》にモヤッとした気持ちを思い出して憂鬱《ゆううつ》になった。しかしすぐにそれを振《ふ》り払う。

不安がないといえば嘘になるが、五年前のことは決定事項《じこう》ではなかったのだ。今、婚約《こんやく》者《しゃ》としてクライドの傍《そば》にいるのはアシュリーなのだから。

そんなアシュリーにリラが笑顔で言う。

「この絵画、とても素敵《すてき》ですね」

「えっ？　ええ、ありがとうございます」

何枚も飾ってある絵画の中で一番大きなそれは、湖畔《こはん》と小さな小屋を描《えが》いたもので色遣《いろづか》いが鮮《あざ》やかだ。

この邸宅《ていたく》の調度品は代々の当主が集めたものも多いが、それはクライドが気に入りの画家から買い求めたものだと聞いた。当時は無名な画家だったが、今は王都でも指折りの人気画家となっていると。

（クライド様って審美眼《しんびがん》もあるのよね）

天は何物も与《あた》えたようだ。アシュリーも一つくらいは取り柄《え》があるのだろうか。それは何だろう？　静かで狭《せま》くて薄暗い場所を見つけ出す才能か。それともどこでもごろごろしているうちに寝《ね》られる才能か。

「これ、クライド殿下《でんか》が買い求めた物でしょう？」

「よくわかりますね」

驚《おどろ》いた。この絵を購入《こうにゅう》したのはサージェント家を継《つ》いでからだと思っていたが、実はもっと前に購入していたのか。それでリラは知っているのか？　そんな風に考えていたら、

「ええ、わかりますわ」

リラがにっこりと笑い、まっすぐアシュリーを見据《みす》えた。

「クライド殿下のことならよくわかっています。何しろ子どもの頃《ころ》から一緒《いっしょ》にいて、親しくしていたんですから」

（どういう意味……？）

意味はわかる。幼馴染《おさななじみ》で五年前は結婚相手に選ばれたと言いたいのだ。

しかしリラの表情と口調はそれ以上のことを物語っているように思えた。

自分のほうがクライドを知っていると。そしてアシュリーが知るクライドはここ一年だ

けだろうとも。

（心がざわざわする）

その通りなのだが、嫌《いや》な感じだ。黙《だま》ったままのアシュリーに、リラが笑顔のまま続ける。

「そうそう、買ったばかりの懐中《かいちゅう》時計が壊《こわ》れているので直してもらいたいそうですよ。執《しつ》事《じ》のフェルナンに伝えておいてくれと、クライド殿下から言づかりました」

「えっ……？」

驚愕《きょうがく》して思わず声が漏《も》れた。

クライドが半月前に銀の懐中時計を買ったのだ。それを先日、フェルナンがクライドのデスクで見つけてアシュリーに言った。

『クライド様の懐中時計の文字盤《ばん》が割れておりますので、修理に出しておきました。アシュリー様にもお伝えしておきます』

（それをなぜリラ様が知っているの？）

今朝早くからフェルナンはクライドの代理で、領地内にかかる橋を見に行っている。だからリラとは会っていない。

（それにクライド様から、とはどういうこと？　クライド様はずっと宮殿《きゅうでん》にいるはずよ）

リラも入れないはずなのに。

アシュリーの様子を見つめていたリラが、高らかに笑うように言った。

「実は私、ずっと宮殿におります。研究室でクライド様と一緒に」

愕然《がくぜん》とした。嘘《うそ》だと言いたいのに喉《のど》の奥が詰《つ》まったように言葉が出てこない。

やっとのことで出た声は震《ふる》えて実に頼《たよ》りないものだった。

「なぜ……？　関係者以外は入れないはずです……」

どうしてこんな声になるのか。そのことがとても悔《くや》しい。なぜだろう。リラには弱みを見せたくないのに。頑張《がんば》って体の脇《わき》で両手を握《にぎ》りしめてリラを見返した。

そんなアシュリーにリラがクスッと笑った。必死に込《こ》めた力を全《すべ》て持っていかれるような笑い方だ。

「私がポルンの件にとって有益な情報を持っていたからでしょうね。でもそれでなくても、クライド殿下は私を求められたはずです。私に傍にいて欲しいとおっしゃったので」

目の前が暗くなった。

(傍にいて欲しい……？)

アシュリーは言われていないのに、それではまるで――。

込み上げた不安を必死に呑《の》み下す。

そんなの、まるでリラのほうがクライドの婚約者のようではないか――。

立っている場所が、以前よりさらに揺《ゆ》らいだ感覚がした。元々ない自信が崩《くず》れていく。

リラは美人だ。背が高くてスタイルもいい。それにバイオリンも詩も得意だと言っていた。アシュリーにはとても張り合えるものがない。

持っているものはただ一つ、クライドの婚約者という立場だけなのに。

体が震えてきた。アシュリーは力なくリラを見た。

五年前、リラはクライドのことを好きだったのだろうか。好きだったのだろう。宮殿でクライドに近づき、そっと腕《うで》に触《ふ》れていた。あの触れ方は好きな相手へのものだ。

ではクライドは？　リラのことをどう思っていたのだろう。

考えるとどんどん落ち込んでいく。こんなにがくて苦しい気持ちは初めてだ。

「それではそろそろ失礼します」

リラが笑顔で出ていった。

本来ならお客を見送らなければならないが、とてもそんな気になれなかった。

どれほど突《つ》っ立ったままでいたのだろう。しばらくして遠慮《えんりょ》がちに扉《とびら》がノックされてロザリーが顔を出した。

「アシュリー様？　どうなさったのですか？」

友人が帰ったのに見送りにもこないから確認《かくにん》しにきたのだろう。

「……なんでも。お見送りに出られなくてすみません」

「それは構いません。私どもがお見送りいたしましたので――」

ロザリーは何か言いたげに、それでもアシュリーを気遣《きづか》ったのかそのまま口を閉じた。

サージェント家の人たちはリラを知らない。そのことに無性《むしょう》にホッとした。

ロザリーたちにはできるならリラを知らないでいて欲しい。ただでさえクライドの周りにはアシュリーよりリラを知る者のほうが多いのだ。

ここの人たちもそうなってしまったら自分の居場所が、宙に漂う非常に不安定なものになってしまう気がした。

心配をかけてはいけない。そうでないとアシュリーの居場所がなくなってしまう。

クライドの婚約者としてのアシュリーの居場所が。

「今日のメニューは何ですか？」

アシュリーは頑張って明るい声を出した。妙《みょう》に空々しく感じたけれど――。

〈四〉 王弟の心の内

よく眠《ねむ》れなかったせいか体が重い。昨日のリラの言葉が、表情が、思い出したくないのに次々と脳裏《のうり》に浮《う》かんで、そのたびに苦い気持ちが胸に広がる。

(クライド様に会いたい)

痛烈《つうれつ》に思った。だが同時に、本当に会って大丈夫《だいじょうぶ》なのかという不安も湧《わ》いた。会って、もしリラに笑顔《えがお》を向けていたら、今までアシュリーに向けられていた優《やさ》しい笑顔がリラのほうを向いていたら、きっと心が壊れてしまう。

(大丈夫よ。そんなはずないわ)

自分に言い聞かせながらベッドを下りた。

(私も宮殿へいきたい。クライド様と話がしたい)

怖《こわ》いけれど、そうすれば真実がわかる。宮殿へいってクライドに会うにはどうすればいいのだろう。黒犬の絵はユーリが届けてくれたし、犯人なんてアシュリーには見つけられない。

(……いいえ、何か他《ほか》に探すのよ!)

ポルンの件にとって有益な情報を。そうすればきっとクライドに会える。

決意して、勢いよく窓へ走り寄ってカーテンを開けた。

「眩《まぶ》しい！」

予想外に明るい朝日が目に突き刺《さ》さり、アシュリーはその場にうずくまって悶《もだ》えた。

馬車が教会に到着《とうちゃく》した。聖堂へ向かっていると、道を挟《はさ》んだ大木の陰《かげ》から話し声が聞こえた。

（トウダさんの声じゃない？）

労働者風の痩《や》せた男性とトウダが向かい合って話している。二人ともやけに真剣《しんけん》な表情なのが気になる。もしかしてもう一人の男こそカスル出身で、ポルンの件に関係しているのではと集中して耳を澄《す》ませると、トウダの大きな声が聞こえた。

「イノシシか狼《おおかみ》だろう！　それが何だと言うんだ!?」

（違《ちが》ったわ……）

山にでもいった時の話か。落胆《らくたん》してアシュリーは家畜《かちく》小屋へ向かった。

小屋の前にはマリベルの姿があった。

（ずっと一緒《いっしょ》にいたから忘れていたけど、マリベル様はリラ様の友人なのよね……）

勝手だと思うが、どうにも昨日のリラのことを思い出して気が引けてしまう。アシュリーが勝手に落ち込んでいるのだから、マリベルに失礼だとわかっている。それでも澱《おり》のように溜《た》まる憂鬱《ゆううつ》さは晴れない。

（暗くなったら駄目《だめ》よ！　とりあえず……そう、掃除《そうじ》をしよう）

必死で自分に言い聞かせる。鉄製の大きなフォークを抱《かか》えて小屋へ向かおうとしたら、やってきたトウダが言った。

「待て。あんたにはヤギたちを洗ってもらう」

なぜ突然《とつぜん》？　と不思議に思ったが、アシュリーに特に懐《なつ》いているからだろう。

（何だかトウダさん、元気がないように見えるけど？）

いつもしかめ面《つら》だが今日は落ち込んでいるようにも見える。だがそんなこと聞いても答えてくれるとは思えない。

それに一人で作業ができるなら正直ありがたい。

「井戸端《いどばた》で石鹸《せっけん》で洗うんだ。ヤギたちは水も石鹸も嫌《きら》いだから手早くだぞ。途中《とちゅう》で逃《に》げ出さないように、小屋の壁《かべ》に縄《なわ》のついた首輪があるからそれをつけていくんだ」

「わかりました。おいで、ヤギさんたち」

言われた通り、一匹《いっぴき》ずつ縄のついた首輪をつけて小屋から連れ出す。ヤギたちはおとなしくついてきた。

ヤギを率いるアシュリーをトウダが唖然《あぜん》とした顔で見つめる。

「いつもは、これから体を洗うとわかると頑《がん》として動かないのに……」

何でだ？　とつぶやいている。

アシュリーは井戸端へ向かった。

(今日はやけに信徒の人たちを見るわね)

放牧場の端《はし》や納屋《なや》の裏で若い男たちが話している。しかしヤギを引き連れて歩く令嬢《れいじょう》のほうが人目を惹《ひ》くようで、彼らがギョッとした顔でアシュリーを見送った。

井戸端へ着くと太い杭《くい》に縄を縛《しば》った。一匹ずつ声をかけ、石鹸をつけて体を洗う。

トウダはああ言ったが、洗われている間もヤギたちはおとなしくしている。さすが草食動物仲間だ。

それでも体を洗われるのが嫌《いや》なのは、前世が黒ウサギだったからよくわかる。黒ウサギは魔族《まぞく》だったので洗われたことはないけれど、本能的な泡《あわ》や水などに対する恐怖《きょうふ》はわかる。だから無言で手早く洗うことにした。

(前世ではこんな思いはしたことなかったな……)

両手を泡だらけにしていると、ふと思った。

前世では平和に草を食べて眠っていただけだ。最後《さいご》に殺されたけれど、こんな重苦しい気持ちは感じたことがない。

いや、転生してからもそうだ。勇者の子孫である王族は怖かったけれど、実家は王都ではないから身近に感じたことはなかった。優《やさ》しい父と社交的な母と活発な妹と、ただひたすら平和に暮らしていた。

クライドと婚約《こんやく》してサージェント家にきてからも、クライドはただただ怖かったけれどこんな気持ちになったことはない。

これは今だからだ。

クライドを好きになって、昔の結婚相手だったリラが現れて、自分がクライドの婚約者ではなくなってしまうかもしれないと思うからだ。

それが怖い。

（知らなかった。私、こんなにもクライド様のことが好きだったんだ……）

自分で自分に驚《おどろ》いた。

「メエエ！」

ヤギの鳴き声にハッとした。まだ終わらないの？　と焦《じ》れている。

「ごめんね。すぐ終わるからね」

アシュリーは急いでヤギについた泡を洗い流した。

綺麗《きれい》になったヤギたちが、放牧場でのんびりと草を食べ始める。

井戸で手を洗っているとマリベルがやってきた。思わず緊張《きんちょう》してしまったアシュリーに、

「アシュリー様、今日もきてもらってありがとうございます」

マリベルが頭を下げてきて驚いた。

「そんな……！　私が勝手にきているだけですから気にしないでください」

「いいえ。本当に感謝しているんです。自分の罪だから私が償《つぐな》わなくてはいけないとわかっているのに、家畜の世話なんて今までしたことがなくて……」

（それはそうよね）

その気持ちはよくわかる。アシュリーも前世の記憶《きおく》がなかったら到底《とうてい》考えられなかったことだ。

貴族令嬢なのだからいわゆる汚《よご》れ仕事に縁《えん》がなかったのは当然のことだし、本来なら一生する必要なんてなかった。

「ですからこうしてアシュリー様が一緒にしてくれて、とても嬉《うれ》しいんです」

ヤギ臭《しゅう》ガードのスカーフとヤギ糞《ふん》ガードのハンカチを靴《くつ》につけたマリベルが、嬉しそうに目を細めた。その顔を見ていたら、きっかけはポルンのことだったけれど一緒にやってよかったなと思った。

「前から聞きたかったのですが、アシュリー様はなぜ一緒に家畜の世話をしてくれるのですか？　そんな必要は全くありませんのに」

（答えにくい質問だわ）

ポルンのために、と言ってもマリベルには意味がわからないだろう。しかし嘘《うそ》をつくのは苦手だし、すぐにばれてしまう。

　どうしようと四苦八苦していたら、ふと言葉が口をついた。

「友人に……なれたらいいなと思ったんです」

　マリベルが目を見開く。

　アシュリーも驚いた。自分は何を言っているのだ。マリベルはリラの友人で、リラのことがあってから勝手にマリベルに対してモヤモヤしていたのに――。それでも口に出したら、それが本心なのだとわかった。

（でもこんなことを口に出して、変な人だと思われないといいけど）

　不安になったその時、マリベルの顔が泣きそうにくしゃりと歪《ゆが》んだ。

「ありがとうございます……私もそう思っています」

（本当に!?）

　マリベルが微笑《ほほえ》む。その顔に心が温かくなった。

　そこで思い出したように、マリベルが顔を曇《くも》らせて聞く。

「アシュリー様、リラのことなのですが……」

　途端《とたん》に頬《ほお》がこわばった。リラから言われたことは心の柔《やわ》らかい部分に今も巣くっている。

　けれどマリベルはアシュリーの感情とは関係ない。せっかく友人になれたのだ。急いで笑みを浮《う》かべようとしたができない。

アシュリーの様子がおかしいことにマリベルも気づいたのだろう。眉根《まゆね》を寄せて、

「ひょっとしてリラに会ったのですか？」

「……はい。二度」

宮殿《きゅうでん》で、そしてサージェント家で。

「何か言われたのですか？」

「……五年前のことと、今の宮殿でのことを」

マリベルの顔色が変わった。

（マリベル様も知っていたのね）

それはそうだ。マリベルはリラの友人なのだから。仕方ないと思いつつもわだかまりのようなものがある。そんな自分にやきもきしていると、マリベルが小さな声で言った。

「司祭様から言われました。人の真価は言葉ではなくその行動にあると。……友人も同じですね」

「えっ？」

「私は、アシュリー様がクライド殿下《でんか》とお似合いだと思いますから」

声は小さいが、確信のこもった声音《こわね》に聞こえた。

戸惑《とまど》ったけれど勇気づけられたのも事実だ。クライドがどう思っているのかまだわからないではないか。クライドを信じなくてどうするのだ。

（あの絵があったということは、他《ほか》にも黒犬さんに関するものがあるんじゃないかしら？）

他にも何か手掛《てが》かりになるものがあるかもしれない。

（よおし、探してみよう）


物置部屋へそっと入ると誰《だれ》もいない。アシュリーは安心して、もう一度布袋《ぬのぶくろ》や木箱の中を確認《かくにん》した。

（他にはないわ。トルファ国の神像だけね）

けれど他の場所はと思い、室内を探してみた。

すると突然扉《とつぜんとびら》が開いてトウダが顔を出した。アシュリーを見たトウダが血相を変えた。

「あんただったのか⁉」

「……えっ？」

「あの古い羊皮紙だよ！　なぜ盗《と》ったんだ、返してくれ！」

（嘘……）

ユーリの言う通り、トウダが犯人だったのか？　ショックで血の気が引いた。立ち尽《つ》くすアシュリーに、トウダはいつもとは別人のように焦《あせ》っている。

「早く返してくれ！　あれがないと困るんだよ！」

「あの絵は……トウダさんのものなんですか？　トウダさんが犯人なんですか……？」

「そっ、そんなこと、あんたには関係ないだろう。とにかく頼《たの》むから返してくれ！」

「あの絵はもうここにはありません」

「何だと……嘘だ！」

血相を変えたトウダが襲《おそ》い掛かってきた。

(嫌《いや》……!?)

トウダを信じたいのに怖《こわ》い。体がすくんで動かない。

目の前に誰かが割り込んできた。鮮《あざ》やかな金の髪《かみ》が揺《ゆ》れる。一瞬《いっしゅん》クライドかと思ったが違《ちが》った。ユーリだ。

腰《こし》に佩《は》いた剣《けん》、その柄《つか》に右手を置いてトウダに対峙《たいじ》する。

「何をしているの？」

言葉はいつも通り柔らかいけれど、声音は怖いほど低い。目の前にある背中からは殺気を発しているように感じた。

「嫌がる女性に迫《せま》ったら駄目《だめ》でしょう。おまけにその人には婚約者《こんやくしゃ》がいるんだから」

「──くそお！」

トウダが叫《さけ》び、走って部屋から出ていった。助かったのだ。

「……ありがとうございました」

助けてもらって感謝はしているが、それ見たことかと言われるのが辛《つら》い。トウダは羊皮紙のことを知っていたのだから。それだけではない。返せと言うことは、ここに隠《かく》したのはトウダなのだ。

それでもこんな状況《じょうきょう》でも、あのトウダが犯人とは思えないのだ。

(でも助けてもらった身でそんなこと口に出せないわ……)

恐《おそ》る恐るユーリを見上げると、予想に反して何も言わなかった。トウダを追う様子も見せない。

「何もなくてよかったよ。でも危ないから、これ以上首を突《つ》っ込まないこと。わかった？」

「えっ？」

「今日から信徒の格好をした兵士たちを紛《まぎ》れ込ませた。クライド兄さんが、君もマリベルもいるから危ないからって。僕もそう思うよ」

だから今日は信徒をよく見かけたのか。

「じゃあポルンのことに何か進展が――！」

「あの絵はちゃんと宮殿へ持っていったから」

「よかったです！　ありがとうございます」

「ちゃんと兄上に渡《わた》しておいたから」

「えっ……？　クライド様ではなく？」

「だって僕は兄上の近衛《このえ》兵団だからね」

（それって……）

「君が一目で黒犬だと見抜《みぬ》いた話もしておいたよ。兄上が君にぜひ会いたいそうだ」

（ひい――っ！）

一難去ってまた一難とはこのことだ。絵が国王に渡ったという事実だけでも恐ろしいのに、会いたいと言われるなんて。

詰問《きつもん》されるに違いない。国王と向かい合うことを想像すると背筋がゾッとした。

ふるふると震《ふる》えるアシュリーにユーリが言う。

「そうそう。今日、クライド兄さんが一旦《いったん》サージェント家に戻《もど》ると言ってたよ」

「えっ？　本当ですか⁉」

クライドに会える。そう思ったら国王への恐怖《きょうふ》を一旦忘れた。嬉《うれ》しさと期待で、アシュリーはユーリの脇《わき》をすり抜《ぬ》けて笑顔で物置部屋を飛び出した。


クライドにもうすぐ会えるとなると心が弾《はず》む。馬車がサージェント家に着いた途端、アシュリーは飛び降りた。

敷地《しきち》内には宮殿の馬車が停まっている。クライドが乗ってきたのだろう。すでに母屋《おもや》にいる。そう思うと喜びが抑《おさ》えきれず、アシュリーは一心に玄関《げんかん》へと走った。

リラのことでクライドに会うのが怖いとも思ったが、いざ会えるとなるとやはり嬉しい。それに二人きりなのだ。リラはいない。

「クライド様はどこですか⁉」

急いで出迎《でむか》えたメイドに聞くと、

「応接室におられます。ですが――あっ、アシュリー様！」

メイドが顔を曇らせていたような気がしたが、クライドに会えるという喜びのほうが大きくて気にならなかった。

ポルンと薬はどうなったのだろう。ああ、でも今はどうでもいい。クライドの顔が見たい。そんな思いで応接室へ走った。

応接室の扉は開いていた。だから中にいるクライドをびっくりさせようと思った。長い間会えなかったことへの不安や不満もあったかもしれない。けれど楽しく驚《おどろ》かせよう、そんな思いだった。

開いた扉の陰《かげ》からそっと中をうかがった。

（……えっ？　どうして？）

愕然《がくぜん》とした。クライドは一人ではなかったからだ。リラが一緒《いっしょ》にいた。

（嘘《うそ》……）

思考がついていかない。けれどいつものアシュリーのソファー席に、リラが座っている。

まるで代わりのように——。

目の前が暗くなった。自分は婚約者で、まだ結婚という契約《けいやく》を交《か》わしていない。そんな立場なのだと改めて思い知った。

(何で?)

何でという感情があふれてくる。リラが宮殿《きゅうでん》でクライドの傍《そば》にいたと知っている。アシュリーは行けなかった。それは仕方ないと我慢《がまん》した。

それなのに、なぜ二人でサージェント家に戻ってくるのか。ここはアシュリーがクライドといる場所なのだ。

唯一《ゆいいつ》、クライドといられる場所なのに——。

「アシュリー?」

そこでクライドの声がして、驚きのあまり体がビクッと震えた。

「そんなところで何をしているんだ?」

恐る恐る顔を上げると、クライドが笑顔でこちらに近寄ってきた。

「長い間、留守にしてごめんね」

申し訳なさそうな顔で右手を出された。いつもならこの手を取る。そうしたらクライドは嬉しそうに笑ってアシュリーを引き寄せるのだ。

けれど今はできなかった。

そしてクライドの後ろで、リラが勝ち誇《ほこ》ったような笑みを浮《う》かべてアシュリーを見ている。心が切り裂《さ》かれそうな笑みだ。体の脇で両手を固く握《にぎ》りしめたまま動かないアシュリーに、クライドが眉根《まゆね》を寄せる。

「アシュリー、どうしたの？」

「どうして……リラ様が一緒にいるんですか？」

思っていたより低い声が出た。

けれど納得《なっとく》できる答えを言って欲しい。そうすればクライドを信じられる。自分が婚約者だと胸を張って言える。心から願った。

だがクライドはスッと視線をそらした。そして小さな声で、

「後で言うよ」

（後？　後って何……？）

ここでは言えないのか。リラがいるからか？　リラの前で言うとアシュリーが傷つくから？

唇《くちびる》を噛《か》みしめるアシュリーに、まるでクライドが話題を変えるように取ってつけたような明るい声で言った。

「そういえば俺への手紙を書いてくれたと、さっきロザリーから聞いたよ」

確かに書いた。頑張《がんば》って書いて、恥《は》ずかしくて出せずに机の引き出しに封印《ふういん》した。

　クライドへの想《おも》いをつづった手紙。けれど――。

「……捨てました」

　気がつくと、うつむいたまま勝手に口が動いていた。

　瞬間《しゅんかん》、後悔《こうかい》したけれど悔《くや》しさと悲しさが混ざり合った。顔を上げるのが悔しい。けれどあまりに何の反応もないので、気になって顔を上げた。

（えっ……）

　クライドが目を見張り、固まっている。茫然《ぼうぜん》とした顔。こんな顔を見るのは初めてだ。

　違《ちが》うのだ。捨てたなんて嘘だ。ただクライドがリラと一緒にこのサージェント家に帰ってきたことが嫌《いや》なだけなのだ。

　嘘がつきたかったわけではない。リラがいることで不安で、それで自分でも嫌だと思う暗い感情でいっぱいになって――。

　つたなくてもいい。そう伝えようとした瞬間、リラと目が合った。口元を手で押さえ、楽しそうに笑っている。これほど愉快《ゆかい》なものはないという顔で。

　その瞬間、喉《のど》の奥が詰《つ》まったように言葉が出てこなくなった。

「――そうか」

　クライドの妙《みょう》に低い声がした。これほど冷めた声音は今まで聞いたことがない。怖ろしいほど心が冷えた。今までにない状況《じょうきょう》に陥《おちい》っている。そんな気がして焦《あせ》った。

そのままクライドが応接室を出ていった。

グッと唇を噛みしめた。クライドはいつだって優《やさ》しくて、言わなくてもアシュリーのことをわかっていた。心の内を読み取って、嬉しい時も辛《つら》い時も悲しい時も寄り添《そ》ってくれた。

こんな風にアシュリーを置いて行ってしまうことなんて一度もなかった。

(拒否《きょひ》されたの……?)

愛想《あいそ》をつかされたのか。

立ちすくむアシュリーの横を、リラがゆっくりと通り過ぎていく。クライドの後を追いかけるのだろう。けれど止めるどころか、声をかける気力すらない。

扉の前でリラが振《ふ》り返った。楽しそうに笑っている。

「やはりクライド殿下《でんか》にふさわしいのは、皆《みな》が言う通りアシュリー様ではなく私ですね」

そして応接室を出ていった。残されたアシュリーはソファーに座り込んだ。とても立っていられない。

胸の内に激しい後悔と、どうしてこうなってしまったのかという思いが充満《じゅうまん》する。

そこで扉がノックされた。

クライドかと期待したが、顔を出したのはロザリーだった。

「アシュリー様、大丈夫《だいじょうぶ》ですか?」

よほどひどい顔をしているのだろう。けれど気にする余裕《よゆう》がない。何とか頷《うなず》くと、ロザリーが顔を曇《くも》らせつつも紙袋《かみぶくろ》を差し出した。ウサギの顔の描《か》いてある茶色い袋だ。

「今朝早く、アシュリー様宛《あて》で届きました」

(ジャンヌさんのクッキーだわ)

受け取って開けると、人参《にんじん》とバターの甘い香《かお》りがした。

ジャンヌの笑顔《えがお》と、そして以前クライドから口元へ差し出された時のことを思い出した。思い出してたまらなくなった。

「ロザリーさん、クライド様に嘘をついてしまいました……」

「嘘……ですか？」

「本心ではなかったんです。つい——悔しくて」

自分の場所を取られてしまったような気がしたから。

そして、婚約者《こんやくしゃ》は自分なのにと思ったから——。

ようやく自分の本心がわかった。あの嫌な気持ちはリラに対する嫉妬《しっと》だったのだ。

紙袋を両手で握りしめて泣きそうな顔をするアシュリーに、ロザリーが微笑《ほほえ》んで言う。

「今からでも遅《おそ》くはありません。旦那《だんな》様に正直な気持ちをお話しすればよいではありませんか」

「正直な……？」

「そうです」

「――聞いてもらえるかしら？」

あの優しいクライドに冷たい顔でも向けられたら正気ではいられない。想像したら寒気がした。

そんなアシュリーにロザリーが落ち着いた声で言う。

「大丈夫ですよ。私はアシュリー様がここにいらした時からお二人を見ているんですから。絶対に大丈夫です」

穏《おだ》やかな声音なのに力強い。胸の内に充満する激しい後悔は消えないが、それでも少し安心できた。

「――そうですね。そうします」

アシュリーは顔を上げた。クライドにちゃんと伝えよう。

リラが傍《そば》にいることを思うと胸が苦しくて仕方ないけれど、それでもクライドを失うのは嫌だ。傍にいたい。

自分が誰《だれ》よりも傍にいたいのだ。

「私、クライド様を捜《さが》してきます」

怖《こわ》いけれど決意して言うと、ロザリーがにっこりと微笑んだ。

急いで応接室を出た。

焦る気持ちを抑《おさ》えて必死にクライドを捜していると、玄関《げんかん》ホールにいるフェルナンを見つけた。今しがた誰かを見送ったという様子に嫌な予感がした。

「フェルナンさん、クライド様はどこにいますか⁉」

「旦那様でしたら、先ほどまた宮殿《きゅうでん》へいかれました。何でも急用ができたとのことで」

「そんな……」

間に合わなかったのか。焦燥感《しょうそうかん》が胸を打つ。

そこでハッとした。

「もしかしてリラ様も一緒《いっしょ》にですか⁉」

血相を変えるアシュリーに、フェルナンが戸惑《とまど》った顔をしつつ頷く。

「ええ、そうです」

心が切り裂かれた気がした。

先ほどの、クライドのはっきりしない答えが脳裏《のうり》によみがえった。クライドは五年前のことを悔《く》やんでいるのか。そして今、アシュリーではなくリラを選ぼうとしているのか。

フェルナンの声が降ってきた。

「ディオリ教会へはもういかないようにと、旦那様がおっしゃっていました」

「……なぜですか？」

「詳《くわ》しい理由は聞いておりません。申し訳ありません」

教会へ通っていたことを知っていたのか。

けれどそれよりもアシュリーに直接言わずにフェルナンに伝えたことがショックだった。

やはり自分は見捨てられてしまったのか。


その夜はよく眠《ねむ》れなかった。

翌朝、朝日と一緒に腫《は》れぼったい目を抱《かか》えてのろのろと起き出した。

（今日は教会へいく日だわ。でも――）

クライドが教会へいかないようにと言っていた。

一瞬《いっしゅん》迷ったが、前は見つけられなかった、あの羊皮紙とは違う黒犬に関するものを今度こそ見つけられるかもしれない。

そうしたら宮殿へクライドに会いにいける。

そう思ったらたまらなくなった。フェルナンに見つからないように、アシュリーはこっそりと馬車に乗り込んだ。

早く着き過ぎたせいか、マリベルの馬車はまだ停まっていない。トウダの姿もユーリの姿もない。

裏のほうからかすかにヤギたちの鳴き声が聞こえてくるだけで辺りは静かだ。日は昇《のぼ》っているのに何だか不気味に感じた。

老司祭はもう聖堂にいるだろうか。とりあえず物置部屋へいこう。聖堂の扉《とびら》に手をかけて中へ入った。

「司祭様――！」

その時だ。

背後から突然《とつぜん》口をふさがれた。容赦《ようしゃ》のない強い力だ。恐怖《きょうふ》が足元から上ってきた。

(誰なの⁉)

「動くな」

静かな低い声がした。知らない声だ。

「静かにしろよ。さもないと――」

首筋に冷たく硬《かた》いものが当てられた。ナイフの刃先《はさき》だとわかりゾッとする。

(私、殺されるの⁉)

この者が犯人なのか。

そこで前方から「ん――！っ」という呻《うめ》き声のようなものが聞こえた。はじかれたように首を伸《の》ばせば、祭壇《さいだん》前の長椅子《ながいす》の陰《かげ》にトウダと老司祭の姿があった。二人とも後ろ手に縛《しば》られて床《ゆか》に座らされている。

そしてその背後には見たこともない男たちが、ナイフを二人に突《つ》きつけていた。

（お二人とも捕《つか》まってるわ!?）

自分も捕まっているのだがアシュリーは愕然《がくぜん》とした。

「あの羊皮紙を返せ。今すぐだ」

（犯人たちだわ！　やっぱりトウダさんは関係なかったんだ。よかった）

心底ホッとした。けれど返せということは、彼らはユーリが宮殿へ持っていったことを知らないのだ。

「早くしろ」

男の焦《じ》れた声がして、先ほどより刃先をさらに強く当てられた。恐怖で背筋が冷たくなる。しかし――。

（ええいっ！）

アシュリーは男に向かって思いきり足を蹴《け》り上げた。前世で一度殺されたのだ。もう理《り》不尽《ふじん》に命を奪《うば》われるのはごめんだ。

「うわっ！」

小さな叫《さけ》び声がして腕《うで》が緩《ゆる》んだのを見逃《みのが》さなかった。

（今よ！）

黒ウサギだった頃《ころ》の俊敏《しゅんびん》さを思い出し、全力で逃《に》げ出す。だが次の瞬間《しゅんかん》、強い力で腕を摑《つか》まれた。

(ひいっ！)

「逃がさねーぞ！　ふざけやがって！」

教会の前には護衛の御者《ぎょしゃ》がいる。目いっぱい叫べば聞こえるかもしれない。

「助け――!!」

その瞬間、またも口をふさがれた。息ができないくらいの乱暴な力だ。

先ほどより強い恐怖が込み上げる。殺されてしまうのだろうか。前世と同じだ。こんなところで生を終えるのか。

(こんなことなら昨日、クライド様を追いかければよかった……)

追いかけて宮殿までいけばよかった。リラが一緒にいるなんて関係ない。兵士たちに止められても突っ切ればよかったのだ。

そして自分の正直な気持ちをちゃんと伝えておけばよかった――。

(後悔《こうかい》しても遅いのに……)

自分の行動をこれほど悔やんだことはない。

(クライド様に会いたい……！)

顔が見たい。声が聞きたい。最後に一度だけ――。せめてまぶたの裏に顔を描《えが》こうと両目を固く閉じた。

その時、乱れた足音とともに勢いよく扉が開いた。

「アシュリー!!」

クライドの声に聞こえた。こんなところにいるはずないのに。願望からくる幻聴《げんちょう》だろうか。

「うわあっ！」

男の悲鳴とともに手が離《はな》れた。

(何!?)

勢いよく目を開けると、目の前には金の髪《かみ》に緑色の目。一瞬ユーリかと思ったが違《ちが》う。

本当にクライドだ。

クライドが息せき切って立っている。

そしてその後ろには気を失った男が倒《たお》れていた。

(この状況《じょうきょう》は何なの……？)

そして長椅子の前では、ユーリや近衛《このえ》兵団員たちが他《ほか》の男たちを取り押さえているではないか。そこにサージェント家の御者も加勢している。

「おとなしくしろ！」

「くそっ、放せ！」

そこへ兵士に守られたマリベルが「何事ですか……？」と、扉の前で目を丸くした。

（——何がどうなってるの？）

唖然《あぜん》としているとクライドに両肩《りょうかた》を摑まれた。

「アシュリー、無事か!?」

緑色の目が激しく揺《ゆ》らぐ。クライドのこれほど切羽詰《せっぱつ》まった顔は初めて見た。驚《おどろ》きながらも反射的に頷《うなず》くと、

「よかった……」

震《ふる》える手で強く抱《だ》きしめられた。


クライドが十七歳の時、王室内で結婚《けっこん》話が持ち上がった。

『殿下《でんか》もそろそろご結婚相手を選ばれたらどうでしょう？』

サージェント家を継《つ》ぐことがほぼ決まりかけていたから、王室は何とかクライドを引き止めたくて連日のように押しかけてきた。

（またか。前は副魔術師《まじゅつし》長の地位だったな。次は結婚相手ときたか）

『まだまだ若輩《じゃくはい》者ですので、そんなことは考えられません』

『そんなそんな。殿下ももう十七歳。今は婚約だけでもよろしいかと』

(しつこいな)

『残念ながら相手がいませんので』

うんざりしつつも笑って言うと、待ってましたとばかりに王室長官の目がきらりと光った。

『失礼だとは思いましたが、女性に人気ゆえ選べないのでございましょう。私どもで身分や縁戚《えんせき》関係など調べまして、殿下にぴったりの女性がおりましたのでいかがでしょう？　もちろん外見や、殿下との仲もとても良い方です』

(身分や縁戚関係はわかるが、仲が良い女性なんていないぞ)

いぶかしく思った時、

『コートル侯爵《こうしゃく》のご令嬢《れいじょう》、リラ様です。もちろん、リラ様のご意向は確認《かくにん》済みです。向こうはぜひにとのことで』

(リラ？　特に仲良くないし、興味もない)

リラはマリベルの友人で、よく一緒《いっしょ》に宮殿《きゅうでん》を訪《おとず》れていた。マリベルとはずいぶん毛色の違う子だった。だからこそマリベルは嬉《うれ》しかったのかもしれない。

『綺麗《きれい》で頭もよくて社交的で、誰《だれ》とでも仲良くなれるの。学園で一番人気のある女の子なのよ』

とマリベルが言う通り、事実、リラはそんな女の子だった。綺麗で、頭がよくて、宮殿の誰とでも仲良くなった。人の心をつかむのが上手《うま》いのだろう。

けれどクライドは特に興味がなかった。

従妹《いとこ》の友人だから愛想《あいそ》よくはしたが、それだけだ。

リラはばれていないと思っていたのだろうが、マリベルを利用しているのがクライドには透《す》けて見えた。

ある時、マリベルからおずおずと聞かれた。

『クライド殿下、友人のミシェルはなぜ宮殿に一緒にきてはいけないのでしょう？　親切でとてもいい子なんですよ』

『――何のこと？』

聞けば、マリベルに最近できた新しい友人のミシェルもリラの話を聞いて、

『私も一緒にいきたい！』

と、盛り上がったそうだ。

マリベルはユーリに聞いて承諾《しょうだく》の返事をもらった。それをミシェルに伝えようとしたところ、リラが困ったような顔で言ったという。

『それがね、この前宮殿にいった時に私はクライド殿下に聞いてみたの。そうしたら断るように言われたのよ。だからミシェルは一緒に連れていかないほうがいいと思うわ』

リラが自分を好きなことは薄々《うすうす》気づいていた。しかし、だからといって嘘《うそ》はいけないだ

ろう。しかも自分の手は汚《よご》さずに他人に罪を着せるのだ。

　小さなことといえど嫌悪感《けんおかん》を抱《いだ》いた。


　時が経《た》ってもリラはマリベルと宮殿にきたが、その頃にはたびたびそんなことがあった。その頃には、リラからはっきりと好かれているとわかっていた。だが正直でない人は苦手だった。


　そんな中でのリラとの結婚話である。

　クライドは内心でため息を吐《つ》いて、笑顔《えがお》で王室長官に言った。

『まだまだ若輩者ですので、そんなことは考えられません』

『そんなそんな。殿下ももう十七歳。今は婚約だけでもよろしいかと』

（しつこいな）

　リラに全く興味がない。けれどさすがに正直に口に出すことははばかられた。マリベルの友人だし、侯爵家の娘《むすめ》でもある。問題が起こると面倒《めんどう》くさい。

　ただでさえサージェント家のことで問題が山積みなのだ。

（王室長官たちは俺とリラがよく話しているから仲がいいと思ってるんだろうな）

　リラのほうから寄ってくるだけだ。

『クライド殿下はリラ様を気に入っておられるのでしょう？　よくお二人で話しておられ

るではありませんか。殿下のほうからいつも話しかけてくださるとリラ様がおっしゃっていましたよ』

（また嘘か）

うんざりだ。

『ありがたいお話ですが、お断りいたします。今はそんなこととても考えられません。リラには俺でなく、もっとふさわしい男がいますよ』

『そんなそんな。殿下ほどお似合いの男性はおりませんよ。今すぐでなくても結構です。考えておいてください』

クライドが承諾しないことを見抜《みぬ》いたのだろう。これ以上きっぱりと断られないうちにと王室長官は素早《すばや》く去っていった。

その話はその一度きりで、もう言われなかった。クライドが正式にサージェント家を継いだこともある。

リラはそれきり宮殿へこなくなったと、後にマリベルから聞いた。だがその頃《ころ》、クライドは黒狼《こくろう》を目覚めさせることに躍起《やっき》になっていたから何とも思わなかった。

そして五年後、ポルンが老司祭に噛《か》みつき、クライドはリラと再会した。会うのは実に五年ぶりだったのでとても驚いた。

宮殿で魔術師たちと、ポルンと薬について調べていたら、

『クライド殿下にお客様です。逃《に》げた獣医《じゅうい》の行き先に心当たりがあると』

魔術師の一人がそう言ってリラを連れてきた時は、さらに驚いた。

獣医は自分のしたことが国家の安全に関《かか》わるかもしれないとわかり、パニックになっていた。元々小心者だったのだろう。暴れたり、果ては自害しようとしたりまでした。

兵士たちが常に見張っていたため何もなかったが、獣医は重要な証人で唯一《ゆいいつ》の目撃者《もくげきしゃ》だ。死なれたりしては困る。

そんな時、リラがにこやかに言った。

『私がいれば、きっと落ち着いてくれます。仲のいい友人でしたから』

その時に違和感《いわかん》を覚えたのは事実だ。

だが結果はリラの言った通りで、獣医を安定させる役目としてリラは宮殿にくることになった。

『クライド殿下、今日のお召《め》し物ですが素敵ですね。とてもよく似合っておられます』

ある日、リラがにっこりと笑って言った。

『そうか、ありがとう』

『あら、殿下。タイが曲がってますよ』

自分で直すと言ったがリラは聞かず、ゆっくりとタイを直し始めた。人前で二度も拒否《きょひ》

すればリラの立場がなくなる。だから仕方なかった。

魔術師たちの声が聞こえた。

『ねえ、見て。クライド殿下《でんか》とリラ様、美男美女ってあれを言うのよね。お似合いだわ』

『本当だ。いいなあ、クライド殿下。あんな美女にあんなことしてもらえて。俺もされたい！』

『王族になればしてもらえるんじゃないか？　あと身長が十センチ高くなって、体重が半分になって、顔がものすごく整えば大丈夫《だいじょうぶ》だよ』

『それはもう俺じゃないな！』

リラが満足げに微笑《ほほえ》みながらタイを直し続ける。

(長いな)

『もう直ったかな？　ありがとう』

笑顔で強制終了《しゅうりょう》すると、リラが残念さをにじませて頷《うなず》いた。そしてすぐに、

『あら、ブローチ。こちらは本当に曲がってますよ。直しますね』

『ああ、これはいいんだ』

触《さわ》らせないように素早く手で覆《おお》う。銀製の剣《けん》の形をしたブローチ。アシュリーからの贈《おく》り物だ。

サージェント家にいる時に頼《たの》んだら、一生懸命《いっしょうけんめい》着けてくれた。

アシュリーはクライドが抱《だ》きしめても、逃げることなく応《こた》えてくれるようになった。けれどアシュリーのほうからクライドに抱き着いてきたりすることはない。だから、

(貴重だ)

胸元《むなもと》でアシュリーの手が動く。懸命に着けてくれているからか、手と一緒《いっしょ》に顔も頭も小さく揺《ゆ》れるので毛先が当たってくすぐったかった。

幸せな時間だった。

(上下がある形のブローチでよかった)

アシュリーがそこから動けないので、思う存分堪能《たんのう》できた。髪《かみ》を撫《な》でたり頭にキスを落としたりとやりたかったのももちろんあるが、それをするたびにアシュリーがぴくりと反応して結果手元がおろそかになるのだ。

そしてブローチが曲がり、クライドはまた幸せな時間を堪能できるというわけだ。

アシュリーに会えないが、ブローチを見ればその時のことを思い出せて癒《いや》される。だからこれは他の者には絶対に触らせない。

『アシュリーからの贈り物なんだ』

リラに言った声音《こわね》は、自分でもいつもと違《ちが》うトーンだなとわかるほどだった。

リラが一瞬《いっしゅん》顔をこわばらせたが、すぐに穏《おだ》やかな笑みを浮《う》かべる。

『素敵なブローチですね』

『そうだろう』

そこで先ほど聞こえた魔術師《まじゅつし》たちの悲鳴が聞こえた。そちらを見れば、目を吊《つ》り上げたジャンヌが暴れていた。

『ほら、言ったでしょう！　クライド様の婚約者《こんやくしゃ》はアシュリー様なのよ！　私の敬愛してやまないものに似ている方なの！』

『えっ、リラ様が婚約者じゃないの？』

『違う――っ！』

『ジャンヌ、落ち着けって。皆《みな》、もうわかったから』

ハンクが必死に止めていた。

そんなある日、リラが大きな箱を持って研究室に現れた。

『クライド殿下、ケーキを焼いてきたんです。よかったら召し上がってください』

中は、ドライフルーツと葡萄酒《ぶどうしゅ》がたっぷり入ったケーキだった。形も色もプロのコック並だ。

『うおお、すげー！』

『本当！　美味《おい》しそう。いいなあ、クライド様』

絶賛する魔術師たちにリラが言う。

『皆さんもどうぞ召し上がってください』

『いいんですか!?　ありがとうございます！』

『わあ、しっとりしていてすごく美味しい！　街の有名な菓子《かし》店のものよりずっと美味しい！』

リラは手先が器用なのだろう。センスもいい。それは認める。

『クライド様、どうぞ』

ケーキがのった皿をクライドに手渡《てわた》した。クライドが特に甘いものが好きではないとわかっていて、それでも皆の前でリラの手作りケーキを食べさせるための策だろう。

その策通り、皆が期待を込《こ》めた目で見つめてくる。

面倒《めんどう》くさいなと正直思ったが、この状況《じょうきょう》では食べざるを得ない。そして『美味しいよ』と笑顔で言わなければならない。

そこで、ぶつぶつと恨《うら》み言のような声が聞こえてきた。驚《おどろ》いて振《ふ》り返ると、研究室の隅《すみ》でジャンヌが机にかじりつき、ウサギの顔を描《か》いた茶色い袋《ふくろ》を抱《かか》えていた。何だ、怖《こわ》い。

『――ジャンヌ、どうしたんだ？　それ、アシュリーへ届ける人参《にんじん》クッキーだろう？』

代わりに答えたのは、ジャンヌの向かいに座るハンクだ。

『本当は直接渡《わた》したいのにできないので、代わりに思いという名の念をこめてるそうです。怖いっすよね。呪《のろ》いみたいで』

また余計な一言を言う。

しかし、そうなる気持ちはわかる。ずいぶん長い間アシュリーに会っていない。元気だろうか。

何かあったら、何を差し置いてもフェルナンから連絡《れんらく》がくるから、そういった心配はないけれど。

ただクライドが会いたいだけだ。

(アシュリーのことだからポルンが気になってるんだろうな)

早く進捗《しんちょく》状況を教えてやりたいが、国王の命で解決するまでここを出られない。『黒狼《こくろう》が黒犬のことを教えてくれた』と言ってから、国王はご機嫌《きげん》ななめだ。何か大事なことを隠《かく》している弟に怒《おこ》っている。

しかしアシュリーのことを言うわけにはいかない。これが一番いい言い訳なのだ。だから何度問い詰《つ》められても、のらりくらりとかわしている。

そういう状況なので、ついジャンヌのところへ近寄っていた。ウサギ形のほんのりオレンジ色のクッキーを一枚手に取る。

(幸せそうな顔で食べるんだよな)

見ているこちらが微笑んでしまうような笑顔で。

ジャンヌが何度も喜んで作るのはわかる気がする。クライドもそうだからだ。だから早くサージェント家に戻《もど》って——。

『クライド殿下、どうかされましたか？』

『いや、早くサージェント家に戻って、アシュリーを思う存分堪能したいなと思って。何しろ婚約者だから——』

あの笑顔を思う存分。息を吐《は》いて顔を上げると、魔術師たちが大きく目を見張ってクライドを見つめていた。

（この驚きようは何だ？）

いぶかしく思ったが、すぐに言葉足らずだったとわかった。訂正《ていせい》しようかと思ったが、いずれ結婚するのだ。そうしたらそういうことになるわけで、まあいいかと思った。

よくないのは魔術師たちのほうだったようだ。いつもそんなことを言わないクライドに唖然《あぜん》としている。

『クライド殿下はいつも落ち着いていらして、そういうことを口にされないので驚きました……』

『俺も……。そういうことを言われるんですね』

静かに頷き合う彼らに無言で笑みを返す。向こうでジャンヌがクッキーの袋を潰《つぶ》しそうな勢いで悶《もだ》えていた。

『ちっ、近いうちにウサウサした可愛《かわい》い子どもがお産まれになるんじゃ……』

『ジャンヌ、落ち着けって。クライド様、俺は赤ん坊《ぼう》の世話なんて一度もしたことありませんがきっと上手《うま》いはずです。お世話しますよ！』

ハンクが適当なことを笑顔《えがお》で言った。

盛り上がる研究室内で、リラは無言だった。


調査の結果、カスル国には猟犬《りょうけん》に関する魔法があるとわかった。

山間部地域の多いカスル国では、昔から鳥獣《ちょうじゅう》を仕留めるための狩《か》りが盛《さか》んだった。猟犬はカスル国民にとって貴重な存在であった。

しかし猟犬が熊《くま》などに襲《おそ》われることも多く、一流の猟犬に成長するまで時間と根気もいる。何とかしたいと思ったカスル国民は、熊などにも負けないように猟犬を強くする魔法を作り上げたのだ。

普段《ふだん》は聞き分けのいい猟犬たちに、狩りの時だけ魔法薬を飲ませていたらしい。

（ポルンの爪《つめ》や歯が大きくて鋭《するど》くなっていたのも、豹変《ひょうへん》したように凶暴《きょうぼう》になったのもそのためか）

獣医《じゅうい》が処方していた薬は、その魔法薬だったのだ。

（しかし魔法薬の効果が出たのはポルンだけで、他の犬たちには何の効果もなかった）

トルファ国を狙《ねら》った他国の陰謀《いんぼう》という線は薄《うす》れた。もしそうならそんな不完全な魔法は使わないだろう。

クライドは胸を撫《な》で下ろした。国王や王室長官なども同じ思いだっただろう。

（カスル国出身か、縁《ゆかり》のある者の仕業《しわざ》か）

そしてあの青い爪と歯、目は一体何だ。薬がきれたらポルンは元の色に戻った。

ということはカスル国の犬を強靭《きょうじん》にする魔法に、目や爪を青くする魔法が混ぜられていたということだ。

黒犬の特徴《とくちょう》と一致《いっち》するというアシュリーの言葉が重みを増した。

（誰《だれ》かが魔族の黒犬らしきものを作ろうとしているのか？）

何のために？　しかも黒犬のことをどこで知ったのだ？　魔族は滅《ほろ》びた。資料や文献《ぶんけん》はどこにも残っていないのに——。

犯人たちが黒犬のことをどこで知ったのかわからないので、考え方を変えることにした。

獣医が薬を与《あた》えていた犬たちは、ほとんどが王都内に住む貴族や裕福《ゆうふく》な商人の家の飼い犬だった。

ということは犯人たちも王都内にいるはずだ。そうでないと効果を確かめられない。住んでいるわけではなく潜伏《せんぷく》しているだけなのかもしれないが。

獣医に丸薬を渡したという男は、シャツにベストを羽織った労働者風の男だったという。一人ではないだろうから、複数犯のうちの一人だろう。

（労働者といっても、そんな男は山ほどいるぞ）

まさに街中や街の外れの路上など、数えきれないほどだ。

(彼らが集まる場所はどこだ？　必ず訪《おとず》れる場所は——教会か)

毎週の礼拝に、日々の食事や勉強。悩《なや》み相談。教会は彼らの心の支えである。

そして王都の労働者たちが通う教会は、街外れにあるディオリ教会だった。

(ポルンが怪我《けが》をさせた司祭がいる教会だ)

近衛《このえ》兵団員でもあるユーリをいかせたのは、教会の偵察《ていさつ》のためでもあった。彼は性格こそ興味本位で少し子どもっぽいところもあるが、剣《けん》の腕《うで》は確かだし頭も悪くない。兵団をいかせて警戒《けいかい》されては困る。だがユーリだけなら従妹《いとこ》のマリベルの様子を見にいったという説明で通じるだろう。

そして予想通り、

『教会で羊皮紙に描かれた絵を見つけた。クライド兄さんが言った黒犬に特徴がよく似てる。おそらく犯人の一人がここへ持ち込んだものだろうね。いや、持ち込んだというよりはここへ隠したといったほうが正しいかもしれない』

やはり黒犬に関する文献が存在したのか。

『そうそう、マリベルと一緒《いっしょ》にクライド兄さんの婚約者《こんやくしゃ》も教会にいたよ。ヤギ小屋の掃除《そうじ》をしてた』

『えっ？』

『魔族《まぞく》について何か知ってるの？　この羊皮紙の周りをうろついていたんだけど』

『えっ？』

驚《おどろ》いたが、ポルンのことが気になるのだろうとわかった。だから一旦《いったん》サージェント家に戻った時に進捗状況を教えつつ、ディオリ教会は危険なので近づかないように言おうと思った。

教会にはユーリや、信徒に変装した兵士たちを潜入《せんにゅう》させていた。信徒には労働者や流れ者も多いため、見知らぬ者がいても目立たない。

そして久しぶりにサージェント家に戻った。

リラを一緒に連れていったのは、リラに感じた疑惑《ぎわく》の証明をするためだった。皆《みな》は疑っていないようだが、どうも獣医の様子が気になる。

犬たちに薬を与えたという自分の行いが、予想外に大きくなって怖《こわ》がっているのはわかる。だが元々ギャンブル好きのろくでもない男なのだ。頭を抱《かか》えて怯《おび》えるのはおかしい。

それにリラを信奉《しんぽう》し過ぎているような気もした。

(何かある。獣医のこの症状《しょうじょう》は……まさかリラが幻覚剤《げんかくざい》でも飲ませているのか？)

突拍子《とっぴょうし》もない考えだ。

しかしリラを好ましいと思っている王室関係者や魔術師たちは考えもしないだろう。

リラは頭がよく警戒心《けいかいしん》も強いので、宮殿《きゅうでん》ではなかなかぼろを出さない。

(ではサージェント家では？)

クライドが連れていき、ただの執事《しつじ》であるフェルナンが相手なら、リラも油断して確かめられるかもしれない。

ただ、そのことを決してリラに気取られるわけにはいかなかった。

その決意と、久しぶりにアシュリーに会える喜びで余裕《よゆう》がなくなっていたのかもしれない。

サージェント家に着いて応接室でアシュリーを待っていると、

(どうしたんだ？)

久しぶりに会うアシュリーは、開いた扉《とびら》の陰《かげ》で立ち尽《つ》くしていた。気にはなったけれど会えた嬉《うれ》しさのほうが遥《はる》かに大きかった。

『長い間、留守にしてごめんね』

右手を差し出した。本当なら力いっぱい抱《だ》きしめたかったけれど、アシュリーの様子がいつもと違《ちが》うからこうしたのだ。

いつもならおずおずと、けれど必ずこの手を取ってくれるアシュリーがそうしなかった。どうしたのだろう。ポルンのことにずっとかかりっきりで放《ほう》っておいたから怒《おこ》っているのか。不安が込み上げた。

『アシュリー、どうしたの？』

『どうして……リラ様が一緒にいるんですか？』

もっともな疑問だ。けれどリラが聞いている中、その目的を言えるはずがない。それにアシュリーの様子がいつもと違うので、上手《うま》くごまかすことも避《さ》けたかった。きちんと説明したかったがそれはできないのだ。だから、

『後で言うよ』

こう答えるしかなかった。

アシュリーがうつむく。正直に答えられないのが心苦しくて、何か明るい話題をと考えた。

『そういえば俺への手紙を書いてくれたと、さっきロザリーから聞いたよ』

愛のお手紙ですよと言われて心がくすぐったくなった。しばらく会えていなかったし、アシュリーが自分からクライドに何かしてくれることはなかったからだ。

好きだという言葉や行動を示すのはいつもクライドのほうからで、アシュリーはそれにおずおずと、恥《は》ずかしがりながら応《こた》えてくれる。

もちろんそれで充分《じゅうぶん》だ。アシュリーが応えてくれるのだから。

けれど自分はアシュリーを決して離《はな》したくないほど想《おも》っているけれど、アシュリーのほうは本当にクライドが好きなのか自信がないのも事実だ。

だから手紙のことを聞いて本当に嬉しかったのだ。

けれど――。

『……捨てました』

アシュリーはそう言った。小声だったがはっきりと。

(捨てた……?)

捨てたということは、アシュリーにとっていらないものという意味だ。アシュリーは普《ふ》段《だん》そんなことをする女性ではない。

今なら書いて捨てたということは何かマイナスの心の動きがあったのだろうとわかる。けれどその時はショックでしかなかった。予想外に、想像していたよりずっとダメージを受けていた。

ずっと会いたくてたまらなかったからなおさらかもしれない。

アシュリーから好かれているという元々なかった自信が地の底まで落ちた。

立ち尽くしたまま、アシュリーが何か言ってくれるのを心から願って待った。けれどアシュリーは何も言わなかった。

『――そうか』

正直、この時何を言ったのかも、どういう口調だったのかも覚えていない。それほど衝《しょう》撃《げき》を受けていたから。

どうすればいいのかわからなくて失意のまま応接室を出た。

そしてユーリから、教会の手伝いをしているトウダがカスル国の訛《なま》りのある男と言い争いをしていたと報告を受けた。男は激高していたと。

クライドはユーリに、老司祭とトウダからその男の情報を聞き出せと命じた。男と普段一緒《いっしょ》にいる仲間たちについても。

男が激高していたのはおそらく羊皮紙が見当たらないためだろう。黒犬を描《か》いた羊皮紙は、ユーリから宮殿の国王の許《もと》へ届けられていたから。

ユーリの情報からそろそろかと思い、朝早くユーリや近衛兵団員たちと教会へ向かった。到着《とうちゃく》した途端《とたん》、異様な静けさに満ちていて緊張《きんちょう》が高まった。

けれどそれよりも驚いたのは、サージェント家の見覚えのある馬車が停まっていたことだ。

（アシュリーがきているのか⁉）

激しく動揺《どうよう》した。

危ないから教会にはもういかないようにとフェルナンに言づけておいたのに。

いや、違う。手紙を捨てたという言葉に動揺して、アシュリーに直接伝えなかった自分のミスだ。これほど後悔《こうかい》したことはない。

夢中で聖堂へ走り、そしてカスル国の訛りを持つ男が、アシュリーを脅《おど》しているのを見つけた。

咄嗟《とっさ》に魔法を繰《く》り出した。ただアシュリーを助けたい一心で、手加減とかそういうものは頭になかった。

幸いにも男は気を失ってその場に倒《たお》れこんだだけだったが、そんなことはどうでもいい。

『アシュリー！』

訳がわからないという様子で、けれど怯えて震《ふる》えるアシュリーを強く抱きしめた。

『よかった……！』

体の奥底から声を絞《しぼ》り出したせいで声が震えた。

「本当によかった……アシュリーに何かあったら俺は生きていけなくなる……」

腕《うで》も肩《かた》も、そして声も震えているのを自覚した。こんな切羽《せっぱ》詰《つ》まった姿を人前で見せるのは初めてだ。けれど仕方ない。心の底から心配したのだから。

アシュリーが自分をそれほど好きでないかもしれないなんて、どうでもいいことだ。たとえそうでも自分はアシュリーが好きなのだ。失いたくない。傍《そば》にいられたら、いてくれたら、それだけでいい。

アシュリーは呆気《あっけ》に取られていたが、やがて声にならない呻《うめ》きのようなものを上げてしがみついてきた。よほど怖《こわ》かったんだろう。間に合って本当によかった。

クライドはさらに強くアシュリーを抱きしめた。

「おとなしくしろ！　動くな！」

近衛《このえ》兵団員が犯人の男たちを縄《なわ》で縛《しば》り、乱暴に引き連れていく。

「大丈夫《だいじょうぶ》ですか？」

ユーリがトウダと司祭の縄を外し、兵士に守られたマリベルが戸口で唖然《あぜん》としている。

そこへ、

「クライド様、大丈夫ですか⁉　アシュリー様もご無事ですか⁉」

「ちゃんと生きてますか⁉」

ジャンヌとハンクが血相を変えて飛び込んできた。二人を見たアシュリーの顔が輝《かがや》く。

だがその後ろにいた人物を見て頬《ほお》が引きつった。

「リラ様……」

「あら、アシュリー様。ご無事でしたか？　話を聞いて心配していたんですよ」

微笑《ほほえ》むリラからアシュリーが顔を背《そむ》けた。

「アシュリー様、心配しました！」

「いや、本当に無事でよかったです！」

ジャンヌとハンクの笑顔に、アシュリーが救われたような顔をする。

老司祭がショックを受けた顔で、縛られた跡《あと》の残る手首をさすりながらクライドに聞く。

「あの者たちが、私に嚙《か》みついた犬を薬で作ったのですか？」
「ええ、そうです」
熱心な信徒ではないけれど、この教会に通っていた。
最もトウダと言い争っていた男以外は、今回の犯罪のために目くらましとして通ってい
ただけだが、それでも老司祭は救えなかったと自分を責めるのだろう。
その瘦《や》せた背中をそっとさすり、クライドは皆《みな》を見回して言った。
「詳《くわ》しいことはこれからだ、おそらくあの羊皮紙に描かれた黒犬は、昔カスル国にいたも
のだと思う。六百年前に魔族《まぞく》が滅《ほろ》んでから、黒狼《こくろう》のように生き残っていた魔族はいたんだ
ろう。黒犬に遭遇《そうぐう》した当時のカスルの民《たみ》が口伝えで残し、今から何十年か前にそれを聞い
た者が羊皮紙に描いたんだと思う」
アシュリーの記憶《きおく》の黒犬とは特徴《とくちょう》は一緒《いっしょ》でも外見が少し違《ちが》ったそうだから、それも伝わっ
た時に変わっていったのだろう。
「犯人の一人――カスル国の訛りがあった男が羊皮紙を見つけてトルファ国へ持ち込んだ。
そして今回のことを思いついたんだろう。仲間と一緒に貴族や商人の金持ちの飼い犬を黒
犬に似せて、獣医《じゅうい》も巻き込むことで、豹変《ひょうへん》した飼い犬の治療《ちりょう》で金をとろうとしたんだ。そ
の過程で、伝説の魔族に興味をもっている飼い主ならそうできる魔法薬があるのだとばら
して、さらに金をとろうとした。犯人たちの狙《ねら》いは、黒犬を利用して金儲《かねもう》けをすることだっ

たんだ」

ポルンを心配していたアシュリーには酷《こく》な事実だろう。

だが知りたがるのはわかっていたから話した。アシュリーは身じろぎもせず、目を見張ったままじっと聞いている。

トウダが縛られたまま気を失って倒れている男に近づいた。クライドが倒した男で、トウダが言い争っていたという男でもある。彼を見下ろし、悲しそうな顔をした。

「トウダさんは犯人とは関係ないんですよね……？」

アシュリーの願うような声に頷《うなず》く。

「ああ。犯人の一人はアシュリーを脅した男で、トウダはその同郷の友人なだけだよ」

同郷の友人がよからぬことに手を染めていると気づいたトウダが、友人の持つ羊皮紙を意味もわからず教会に隠《かく》したのだ。それがなければ友人が悪事から手を引くと考えたのだろう。

だが逆効果で、怒《おこ》った友人が仲間たちを連れて羊皮紙を取り戻《もど》しにきたのだ。

トウダがつぶやく。

「こいつが何か悪いことをしているとは気がついてたんだ。だから司祭様に話を聞いてもらえと言った。でも、こいつは聞かなくて……」

「あの時の『イノシシか狼《おおかみ》』の会話は、黒犬さんの絵に対してだったんですね……」

後ろでアシュリーもつぶやいた。そして微笑んで、

「でもよかったです。トウダさんは厳しいですが家畜《かちく》の世話のやり方を教えてくれたいい人なので、信じてよかったです」

トウダがグッと唇《くちびる》を噛みしめた。

そこで会話に入ってきたのはユーリである。

「まあ、僕もトウダを疑っていなかったけどね」

「まさか。ユーリ殿下《でんか》は疑っていたじゃありませんか。トウダさんを宮殿へ連れていって話を聞くだなんて、まるで犯人扱《あつか》いでしたよ」

「それはまあ最初はね。君が、トウダがカスル模様のハンカチを持っていたと言ったから。でもすぐに疑いは晴れたよ。確かにトウダはカスル出身だけど、教会の手伝いをしていて毎日司祭様と一緒にいたんだから。おまけに一緒に司祭館に寝泊《ねと》まりしている。さすがにこんな犯罪はできないよ」

そんな事実がと驚《おどろ》くアシュリーに、ユーリが気楽に笑う。

「ただカスル出身ということは、犯人を知っているかもしれないだろう。教会で話を聞いてそいつに疑われると困るから、宮殿で話を聞こうと思ったんだよ。でも君が止めるから結局教会でこっそりと聞いたけど」

「えっ！　じゃあ私がトウダさんの出身国をカスルではなく王都だと必死で証明していた

時に、すでにそのことを知っていたんですか⁉」

「うん」

「何で黙《だま》ってたんですか⁉」

「だって君が有り得ないことばっかりしているから、見てると面白《おもしろ》くて」

アシュリーが衝撃《しょうげき》を受けたように固まった。

そこへ鈴《すず》の音を転がすような笑い声がした。

「犯人が捕《つか》まって安心しました。よかったわね、マリベル。友人だから心配していたのよ。これで一件落着ですね」

リラがにっこりと微笑み、クライドに近づいてその腕を取る。アシュリーの顔が歪《ゆが》んだ。

クライドはその手を外して淡々《たんたん》と言った。

「リラ、あの獣医にハールマン家を紹介《しょうかい》したのは君だね」

「ええっ⁉」

「どういうことですか！」

想像もしていなかった事実に皆が驚く。

「獣医はより金持ちの家の犬に、薬を与《あた》えたがっていた。それが犯人からの指示だったから。だから君がハールマン家のポルンを教えたんだ。代々続く名門で事業も好調、そして娘《むすめ》のマリベルは君の言うことなら疑わない。まさにうってつけだ。ハールマン家の庭師がそのことを白状したよ」

直接勧《すす》めると疑われるかもしれないので、念のために庭師を挟《はさ》んだのだ。

そして宮殿のパーティーへ一緒にいった。

そこでポルンが問題を起こせば宮殿に捕《と》らわれる。そうすればポルンの心配を装《よそお》ってクライドに近づけるというくだらない理由で。

マリベルが青ざめた。

「そうよ。ポルンの具合がよくなくて困っていた時に、庭師からあの獣医がいいと言われたの。王都でも有名な獣医だから、私も何も考えずにいってみようと思ったから忘れていたけど……」

さらに青ざめて言う。

「リラ……それはまさか、あなたがクライド殿下に近づくための策が欲しかったから？　国王陛下のパーティーにポルンを連れていくつもりだと言ったもの。だから私を、ポルンを犯人たちに売ったの？　ひどいわ！　友人だと思っていたのに……！」

ショックで涙《なみだ》を流すマリベル。

けれどリラはうっすら笑っている。

「嫌《いや》だ、クライド殿下。そんなひどいことを言わないでください。その庭師は嘘《うそ》をついているんですよ。ああ、思い出しました。どうやら私に気があるようでよく話しかけてくるんです。ですが私は興味ありませんから、私を逆恨《さかうら》みしてそんな嘘をついたんだと思います」

「そうか。だが獣医もそうだとこれから証言してくれるよ」

ふふっとリラが笑った。

「あの獣医は自分の行いに怯《おび》え切っていて、とても話せる状態ではありませんよ」

「そうだな。君が幻覚剤《げんかくざい》を盛っているからね」

目を見張るリラの前で「ええっ!?」と、皆が驚愕《きょうがく》している。

リラに疑いを持ったクライドは、サージェント家でフェルナンにこっそりとリラの鞄《かばん》を探《さぐ》らせた。

薬なら定期的に服用させないと意味がない。そして獣医の様子を見ると言う名目で宮殿にいるリラになら簡単なことである。

薬を持っていると考えた。

だからサージェント家の廊下《ろうか》で、リラの鞄にかかるようにフェルナンにわざと銀器の水をこぼさせたのだ。

乾《かわ》かしてまいります！　と焦《あせ》るフェルナンにリラは迷っていた様子だったが、クライドもそうしたほうがいいと説得した。リラもただの執事《しつじ》相手なら大丈夫《だいじょうぶ》だと踏《ふ》んだのだろう。

そして予想通り幻覚剤を見つけた。

「獣医に幻覚剤を飲ませていた理由は、マリベルに勧めたのが庭師ではなく君だと気づかれたから。そのことを証言させないためだ」

ただそれだけの理由。自己保身のため。いざとなれば獣医は自分を裏切るだろう。そうしたらクライドやマリベルにばれてしまうと思ったからだ。

クライドに近づくために獣医を利用しておいて、自分勝手過ぎる非道な行いだ。

リラが青ざめた。

「まさか！　そんなことしておりません。するわけがないじゃありませんか！」

「悪いけど証拠《しょうこ》がある。君を連れてサージェント家に戻った時に、執事のフェルナンが君の鞄から幻覚剤を見つけたよ。宮殿で俺や魔術師《まじゅつし》相手だと警戒《けいかい》していても、サージェント家のただの執事には気が緩《ゆる》んだみたいだね」

アシュリーがハッとしたように顔を上げた。

「だからリラ様を連れてこられたんですか……『後で言うよ』とはそういうこと……」

泣きそうな顔をする。

クライドはリラに言った。

「君は俺と結婚《けっこん》したいようだけど、悪いけど五年前も今も俺は君に興味がないよ。俺が好きなのはアシュリーだけだ」

アシュリーがはじかれたように顔を上げた。目を見開いて見つめてくる。

クライドは微笑《ほほえ》んだ。アシュリーの両目がさらに見開かれた。

何をそれほど驚いているのかはわからないが、そんなに目を見開いて大丈夫なのかと心配になった。

リラが叫《さけ》ぶ。

「そんなの嘘よ！　嘘に決まってます。アシュリー様を好きだなんて……その方は何も持っていません！　顔も体も平凡《へいぼん》だし、頭がいいわけでもない。話し上手でもないし、何も秀《ひい》でたところがないじゃありませんか！　それなのにどうして——！」

顔を真っ赤にして怒《おこ》っている。

アシュリーがうつむいてしまった。その通りだとばかりに唇を噛《か》みしめている。

怒《いか》りが湧《わ》いたが何とか抑《おさ》えてクライドは低い声を出す。

「君はたくさんのものを持っているのかもしれないが、見えていないものが多過ぎるよ。それにアシュリーが持っているたくさんのものはきっと君には一生わからない」

リラがグッと言葉を呑《の》み込む。そこでマリベルが叫んだ。

「そうよ！　アシュリー様は素晴《すば》らしい人よ！　ポルンを救うために、一緒《いっしょ》になって家畜《かちく》の世話をしてくれるような人なんだから！」

いつもおとなしくて決して歯向かわないマリベルが歯向かったことに、リラが息を呑む。

クライドも驚《おどろ》いた。いつものマリベルなら決してこんなことは言わないのに。それでもそんなことを言い出したのは――。

目を見開いているアシュリーに視線を向ける。

(黒狼《こくろう》を救おうと躍起《やっき》になっていた俺を癒《いや》してくれたように、きっとマリベルもアシュリーに救われたんだろうな)

続いてジャンヌが、

「ちょっとあんた！　私が愛してやまないものにそっくりなアシュリー様が、何も持っていないなんてふざけないでよ！　喧嘩《けんか》売ってんの!?」

と、ぶちぎれている。怖ろしいほどの剣幕《けんまく》だがその通りだと思う。ジャンヌは今やアシュリーの信奉者《しんぽうしゃ》になりつつある。

リラが顔色を変えながらもジャンヌをにらむ。そこへ口を開いたのはハンクだ。

「そうっすよ！　アシュリー様はすげー美味《うま》そうにジャンヌの作った人参《にんじん》クッキーを食べるんですから。それに一緒に救ったものもいるんですよ！」

前者は何のために言ったのかわからないが、後者はその通りだ。

「そうだね。何だか見ていると面白《おもしろ》いよね。それにリラと違《ちが》って、ちゃんと他《ほか》の人のことを考えているよ」

ユーリが淡々《たんたん》と言った。クライドはユーリがいつの間にこれほどアシュリーと仲良くなったのかと驚いた。

リラが蒼白《そうはく》な顔で突《つ》っ立っている。ジャンヌやハンクはわかるが、自分の味方のはずのマリベルとユーリまでアシュリーをかばったため茫然《ぼうぜん》としていた。

そこへユーリが近づいた。

「人に薬を盛るのは重罪だよ。君のことは昔から知っているけど残念だ。兵士長の許《もと》でゆっくりと事情を聴かせてもらうよ」

「そんな……！」

まさか捕らえられると思っていなかったのだろう。今度こそ色を失《な》くした。うなだれたリラがユーリに連れられていく。

それを見届けて、クライドはアシュリーの許へいった。アシュリーが体の前で両手を組んだまま、頼《たよ》りなげに見上げてくる。

安心させるように微笑んだ。そして、

「ごめんね」

「えっ？」

突然《とつぜん》謝ったクライドにアシュリーが唖然《あぜん》としている。それはそうだろう。突然謝られても意味がわからなくて困るだろう。苦笑《くしょう》したが本心なのだ。

犯人は捕《つか》まえたがもっと手際《てぎわ》よく捕まえられたのではないか。もっと時間をかけずに。アシュリーにこんな頼りなさそうな顔もさせずに。それは自分の力不足のせいで。

「心配させてごめんね」

ふんわりとした黒髪を撫でながらもう一度謝る。少しでも不安にさせてしまった。それを謝るために髪を撫で、そっと抱《だ》きしめて手の甲《こう》に何度もキスを落とす。

クライドを見上げていたアシュリーの顔が不意にくしゃりと歪《ゆが》んだ。

「私……クライド様に嫌《きら》われたかと思いました。リラ様が代わりに婚約者《こんやくしゃ》になるんじゃないかって。五年前のように……」

「まさか。それは絶対にない」

自分の婚約者はアシュリーだけだ。

この令嬢《れいじょう》はクライドがどれほど想《おも》っているか気づいていない。

(待て。嫌われたかと思った、とは何だ?)

もしかして手紙のことか。ロザリーから、アシュリーがクライドのために手紙を書いていた、けれど恥《は》ずかしくて出せなかったようだとこっそり教えられて、とても嬉《うれ》しかった。

アシュリーからの手紙なんて初めてだったから。

ずっと会えなくて、会いたい気持ちがふくらんでいたから特にだ。だから、

『捨てました』

あの言葉はショックだった。

アシュリーは嘘《うそ》をつくのが苦手だ。目が泳ぎまくるし、しどろもどろになるし、言い訳

も下手なのですぐに見抜《みぬ》ける。

だがあの時はわからなかった。うつむいたままだが、いつもより低い声できっぱりと言い切ったから。

アシュリーはいつも穏《おだ》やかだ。穏やかというのとは少し違うような気もするが、何というかいつも幸せそうなのだ。自分の好きなものを見つけて、それが他人から見たらどうでもいいようなことでも、それを大事にしてそれを最大限に楽しんでいる。そんな感じがする。

人参の料理を食べている時だったり、毛布にくるまってごろごろしている時だったり、草食動物と戯《たわむ》れている時だったり、本を読みながらまどろんでいる時だったり。

ふにゃふにゃと幸せそうな顔でいられると、こちらまで幸せになる。疲《つか》れていたり悩《なや》んでいたりしても、ふっと心がほぐれていつの間にか微笑んでいる。

アシュリーはそんな子だ。

だから捨てたとの言葉は本当にショックだった。嘘だとわからなかったからなおさらだ。

――けれど今、アシュリーは目の前で泣きそうな顔をしている。

(ああ、そうか――)

安堵《あんど》してその頬《ほお》にそっと触《ふ》れると、アシュリーがはじかれたようにクライドを見上げた。

その目を見つめて微笑む。

「もしかして、手紙を捨てたというのは嘘だった？」

アシュリーの体がビクッと震《ふる》えた。そのままふるふると震え続ける。目に涙《なみだ》が浮《う》かぶ。

その様子で悟《さと》った。

湧いてきた思いは安堵だ。

「嘘をつかせてごめん」

自分のせいだ。正直で嘘がつけないアシュリーに嘘をつかせてしまった。

「ごめんね」

謝らないといけないことばかりだ。それでも傍《そば》にいたいし、傍にいて欲しい。

「アシュリーと一緒にいたいんだ。毎日楽しいし、とても癒されるから」

アシュリーがはじかれたように顔を上げた。その顔がくしゃりと歪む。

「私も……いたいです」

「えっ？」

「私もクライド様の傍にいたいです……」

思いがけない言葉に声が出ない。

「私がクライド様の婚約者でいたいんです……」

堪《こら》え切れないというようにアシュリーの両目から涙がこぼれ出た。

「アシュリー……」

驚いた。アシュリーは普段《ふだん》こんなことを言わないから。今まで言われたことがないから。

クライドといてふにゃふにゃ幸せそうに笑っていても、クライドに対する気持ちを直接言葉にされたことはない。それが――。

「クライド様が他の女性と一緒にいるのを見るのは嫌《いや》です……！」

泣きながら言うアシュリーを引き寄せて強く抱きしめる。頭を、肩《かた》を、腰《こし》をきつく抱き、震える髪に口づける。それでも足りないのがもどかしい。

「俺の婚約者はアシュリーだけだよ」

泣きじゃくるその両頬に手を添《そ》えて伝える。

「他の女性となんて考えたことがない。アシュリーがいいんだ。アシュリーが思うより俺はずっと強くそう思っている。不安にさせてごめんね。もう傍を離《はな》れないから」

涙を指でぬぐうと、アシュリーがさらに泣きながら何度も頷《うなず》く。

これほど愛《いと》おしいものはどこにもない。決して傍を離れない。クライドはもう一度強く抱きしめた。

〈五〉 婚約者と贈り物

夕食を終えて、アシュリーはクライドと応接室にいた。湯気の立つ紅茶を少しずつ飲んでいるとクライドが笑顔《えがお》で聞く。

「それで俺に書いてくれたという手紙はどこ？　欲しいんだけど」

（このまま封印《ふういん》しておこうと思ったのに……）

ああは言ったものの、やはり読み返すと恥ずかしくてたまらない。あれはクライドがいない時で、しばらく会えないと思ったからこそ書けた代物《しろもの》だった。

だからクライドが言い出さない限り、机の引き出しにしまい続けておこうと思った。それなのに――。

（やっぱり覚えてるわよね）

考えてみれば、クライドが忘れるはずがないのだ。

嘘をついてしまった手前、渡《わた》さないわけにもいかない。アシュリーは覚悟《かくご》を決めて寝室《しんしつ》から手紙を取ってきた。

「ありがとう」

受け取ったクライドは妙《みょう》に嬉しそうだ。そんな顔をされるとアシュリーも嬉しいが、目の前で読まれるなんてとても心がもたない。素早《すばや》く出ていこうとすると驚《おどろ》いた顔をされた。

「あれ、出ていくの？」

やはりアシュリーの目の前で読もうとしていたのか。何て人だ。

(確信犯だわ)

「アシュリーが文面を読み上げてくれるのかと思った」

(さらにその上をいっていたわ！)

「……無理です」

「でも――」

「絶対に無理です！」

楽しそうに笑うクライドに背を向けて、アシュリーは小走りに部屋を出た。

廊下《ろうか》を歩いていると、銀器を持ったフェルナンに会った。

「アシュリー様」

優《やさ》しく微笑《ほほえ》んで一礼する。

(あの時はフェルナンさんに本当に迷惑《めいわく》をかけてしまったわ……)

言いつけを破ってこっそりとディオリ教会にいった時のことだ。

クライドとサージェント家に戻《もど》ったら、フェルナンが真っ青な顔をしていた。お詫《わ》びのしようもございませんと声を震わせるフェルナンに、アシュリーは自分が悪いのだと必死に謝った。

クライドも自分の口で言わなかったのが悪かったのだと、その場は何とか収まった。

けれど自分のせいでフェルナンがクビになるかもしれないと思ったら、とても怖《こわ》かったし申し訳なく思った。

(もう二度としないわ)

固く心に誓《ちか》ったのだ。


「どこへいかれるのですか?」

「えっと……どこか落ち着ける場所を探していまして」

フェルナンは首を傾《かし》げたが、アシュリーのきた方向から何となく事情を察したらしい。微笑んで、

「では図書室はいかがですか? 静かで薄暗《うすぐら》くて、落ち着くのに最適な場所かと」

「そうですね! そうします」

喜んで図書室へやってきたが全く落ち着けない。今頃《いまごろ》あの手紙を読まれているかと思うと気が気でないからだ。今すぐ穴を掘《ほ》って頭から隠《かく》れたい。

不意にノックの音がした。心臓が飛び出るかと思ったほどだ。どんな感想を言われるの

だろうとためらいがちに扉《とびら》を開けると、

「あら、アシュリー様」

そこにいたのはハウスメイドだった。拍子抜《ひょうしぬ》けしていると、

「ランタンのオイルが切れていたので取り換《か》えにきたのです」

と言って、ランタンを手に出ていった。

ホッと胸を撫《な》で下ろした瞬間《しゅんかん》、またも扉がノックされた。

（またメイドさん――違《ちが》う、これはクライド様のパターンよ）

この一年で学習したのだ。しかしそうわかっても開けないわけにはいかない。おずおず
と扉を開けると、予想通りクライドだった。

にこやかな笑みを浮かべるその手にはアシュリーの手紙がある。

（羞恥《しゅうち》の塊《かたまり》がそこに……！）

何を言われるのかと身構えた途《と》端《たん》、それは始まった。

「アシュリーの気持ちがわかってすごく嬉《うれ》しいよ。特に『私はいつも』から始まる部分が
最高に――」

（ひい――っ！）

「もういいですから！　喜んでもらえてよかったです！」

予想以上に細かく感想を言われそうで、慌《あわ》てて声を上げて止めた。

「そう？　ちゃんと伝えようかと思ったんだけど」

クライドは首を傾げているが絶対にわざとだ。ほら、面白《おもしろ》そうに笑っているではないか。

自分の顔が赤くなっているのがわかる。クライドが嬉しそうに微笑んで、手紙と一緒《いっしょ》に持っていた長方形の薄《うす》い箱を差し出した。

「アシュリーへのプレゼントだよ」

驚いた。あらかじめ用意してくれていたのか。

中身はペンダントだった。純銀の細いチェーンの先に、トルファの国石である希少なエメラルドがついている。受けた光を跳《は》ね返すように表面がカッティングされていて、見る角度によって色の濃《こ》さを変える。その周囲を彩《いろど》るように小さなダイヤモンドがたくさんついていた。

「綺麗《きれい》ですね！　ありがとうございます」

「喜んでもらえてよかった。前にもらったブローチとこの手紙の礼だよ」

ペンダントを手に取り、綺麗だなあとにこにこ眺《なが》めていると、

「着けてあげるよ」

クライドが笑顔でアシュリーの後ろに回った。

「自分で着けられますよ」

「いいから」

クライドは何か含《ふく》みのある笑みを浮《う》かべているが、アシュリーは素直にそれじゃあせっかくなので頼《たの》もうと思った。

下ろした後ろ髪《がみ》を手で横に流す。後ろに留め金がついているから髪があっては着けにくいだろうと、単純に気を遣《つか》っただけだ。

だが白いうなじが露《あら》わになったことにアシュリーは気づいていなかった。

いつまで経《た》ってもペンダントは着けられない。不思議に思って振《ふ》り返ると、すぐ後ろでクライドが動きを止めていた。

「どうしたんですか？　留め金が開かないんですか？」

するとクライドがハッとしたように口元を手で覆《おお》った。

「ちょっとまいった……見とれてた」

「えっ？」

「何でもないよ」

クライドが笑顔になったので不思議に思いながらも前を向くと、ペンダントの代わりにうなじにキスをされた。しかもいつも頬《ほお》や髪にされるものより長くて力もこもっている。

(何なの!?)

うろたえていると、やっと唇《くちびる》が離《はな》れた。

動揺《どうよう》しながら振り返ると、

「いや、俺のものだと印をつけておこうかなと思って」

「印？」

「そう」

キスマークをつけられたとはまるで気づかないアシュリーは、嬉しそうな顔のクライドに背後から強く抱《だ》きしめられた。

次々にくる攻撃《こうげき》に対処できない。それでも胸がいっぱいになって幸せだと思う。

クライドの腕《うで》の中で微笑むアシュリーに、

「一生、俺の傍《そば》にいてね」

と、頭の上から最後の幸福な攻撃が降ってきた。

◆◆◆　◆◆◆

「国王陛下」

「これはハウェイ司祭。お怪我《けが》の具合はいかがですか？」

ディオリ教会の老司祭から声をかけられ、国王は丁寧《ていねい》に聞いた。

今は街外れの古びた教会の司祭をしているが、十年ほど前までは王都の大聖堂の司祭長まで勤め上げた名誉《めいよ》人だ。今は役目を終えて、平民のために動きたいと自ら進んで街外れの教会に勤めている、たいした御仁《ごじん》なのである。

しかし自らは何も言わないのでそのことについて知っている者は少ない。大抵《たいてい》はただの古びた教会の老司祭だと思っているだろう。

老司祭が穏《おだ》やかな笑《え》みを浮かべて答える。

「もう大丈夫《だいじょうぶ》です。すっかり治りました」

「それは何よりです。うちの従妹《いとこ》とその犬がまことに申し訳ないことをしました」

「とんでもございません。ハールマン公爵《こうしゃく》ご夫妻から何度も謝罪を受けましたし、マリベル嬢《じょう》にはアシュリー嬢と一緒に教会の手伝いをしてもらいました。家畜《かちく》の世話をね。せっせと小屋を掃除《そうじ》してくれて、ヤギの乳搾《ちちしぼ》りもしてくれましたよ」

ユーリが言っていたことだ。意外に楽しそうだったよ、とも。そんなわけないだろうと思ったが、どうも本当のことらしいと知って驚《おどろ》いた。

本当にやったのか？　家畜の糞《ふん》を掃除？　乳搾り？　深窓《しんそう》の令嬢たちだぞ？

「マリベル嬢は素直《すなお》な方ですね。ユーリ殿下《でんか》もなかなか楽しそうでしたよ」

そして思い出したように笑う。

「それにアシュリー嬢。クライド殿下の婚約者《こんやくしゃ》の方でしたね。あの方は特に楽しいお方でした。クライド殿下はよい方を選ばれたと思いますよ」

「ありがとうございます。弟が喜ぶことでしょう」

老司祭は、前国王である父が尊敬していた人物だから。

今回の犯人たちを捕《と》らえたことで、宮殿《きゅうでん》内でのクライドの株も上がった。とても喜ばしいことだ。魔術師《まじゅつし》たちもユーリもよくやったと思う。

そしてもう一人——。


宮殿から戻《もど》ったクライドは、シャンデリアの下がる玄関《げんかん》ホールでアシュリーに言った。

「今回の犯人たちが裁判を受けるため、明日《あす》の朝、軍の屯所《とんしょ》から王立裁判所へ移送されるんだ。この件の責任者としてそれに立ち会ってくるよ」

笑顔で出迎《でむか》えていたアシュリーの表情が、瞬《また》く間にこわばった。言わないほうがよかったなと後悔《こうかい》した途端、小さな声で聞かれた。

「私も一緒に立ち会っても構いませんか？」

「——構わないけど、縁戚《えんせき》のハールマン家が関《かか》わっているから、ユーリとそれに兄上もくるかもしれないよ」

「私は構いません」

「——そう」

犯人たちの動機を知ってから、アシュリーはこの話題が出るたびに表情が硬《かた》くなる。それにユーリはまだしも国王のことは怖《こわ》がっているはずなのに。

心配になったが、アシュリー自身がいきたいと言っているのだから止める権利はない。

(まあ犯人たちは囚《とら》われの身だし、兵士もいるから安全面に問題はないしな)


翌朝、クライドがアシュリーを連れて軍の屯所に着くと、予想通り国王とユーリの姿もあった。ユーリが笑顔で近づいてきた。

「やあ、クライド兄さん。それにアシュリー、嘘《うそ》のつき方は少しは上手《うま》くなった？」

ディオリ教会で少しの間一緒にいただけなのに、ずいぶん仲良くなったものだと驚く。というか、どちらかというとユーリのほうがより親しみを感じているかもしれない。

ところがアシュリーは硬い顔つきのまま小さく頷《うなず》くだけだ。

ユーリが変な顔をした。クライドも心配になる。声をかけようとした時、縄《なわ》で一列に縛《しば》られた犯人たちが、兵士に連れられてこちらに向かってきた。

うつむいたまま、ゆっくりとクライドたちの目の前を歩いていく。

(こいつらのせいで色々とあったな)

するとアシュリーが突然《とつぜん》、彼らの前に飛び出した。

「何て……何てことをするんですか」

呆気《あっけ》に取られる彼らの前で、アシュリーが呻《うめ》くように言葉を漏《も》らす。

「何がお金儲《かねもう》けですか。ポルンを使ってどうしてこんなひどいこと……！」

ひどく悔《くや》しそうだ。ポルンを、そして前世の仲間である黒犬を金儲けのために使われたことが許せないのだろう。

（ずっと言いたくて我慢《がまん》していたのか）

いじらしさが込み上げた。

「この世に一匹《いっぴき》だけ残された魔族がどれほど孤独《こどく》で、どれほど苦しむか……二百年ですよ？　二百年もの間孤独に苦しんで、行くべき場所も覚えていなくて、その罪悪感に苦しんで……クライド様がいなかったらどうなっていたか。そんな孤独に苦しむ魔族を、ただのお金儲けのために作るなんて……ポルンや他《ほか》の犬たちがどれほど苦しむか。馬鹿《ばか》にし過ぎてます……！」

最後のほうは泣き声混じりで言葉になっていない。

それでもアシュリーが誰《だれ》のために怒《おこ》って泣いて悔しがっているのか、よくわかった。

クライドの命の恩人である黒狼《こくろう》。その黒狼のためにこれほど真剣《しんけん》になれるのはアシュリーしかいない。誰よりも黒狼の味方で、クライドの味方。

そんなアシュリーを誇《ほこ》りに思う。

（応接室の窓から、よく空を見上げて言っているものな）

『黒狼様は無事に魔王様の魂《たましい》の許《もと》へ行けましたかね？』と。

そしてクライドが答えないうちに自分で続けるのだ。

『きっと行けましたよね。クライド様とジャンヌさんとハンクさんが頑張《がんば》ってくれたんですから。黒狼様だって頑張られました。だから大丈夫です。きっと今頃《いまごろ》は魔王様の魂と一緒《いっしょ》に、楽しく笑っておられるはずです』とも――。

アシュリーの心の内を想像したらたまらなくなって、クライドは涙《なみだ》を流すアシュリーを背後から抱きしめた。

国王とユーリが茫然《ぼうぜん》とアシュリーを見つめている。

それでも今回のことが未然に防げたのは、アシュリーがいたからだ。

クライドは感謝をこめて、さらに強くアシュリーを抱きしめた。


疲《つか》れたのか、クライドの腕の中でアシュリーは眠《ねむ》ってしまった。よく部屋の中でごろごろと寝転《ねころ》がってはいるが、こんなことは初めてだ。

今回の件で疲れていたのだろう。クライドはアシュリーを横抱《よこだ》きして部屋を出た。

(客間で寝かそう)

起こさないようにゆっくり廊下《ろうか》を進んでいると、後ろから国王が追いついてきた。横に並ぶ。そして、

「アシュリー嬢は何者だ？」

「何者とは？」

「ごまかすな。黒狼の時といい今回の黒犬といい、色々と知り過ぎているだろう。さっきの発言は何だ？　お前以上に黒狼を知っているように聞こえたぞ」

疑問に思うのももっともだ。だが前世の記憶《きおく》が、なんて言うつもりはない。

アシュリーがクライドたちに前世のことを教えたのは、黒狼の望みを叶《かな》えるためだった。ひいてはクライドの願いを叶えるためでもあったのだから。

「普通《ふつう》の人間ですよ。それだけです。そして俺の大事な婚約者です」

国王が顔をしかめてため息を吐《つ》いた。言わないと決めたことは絶対に言わないという弟の性格をよく知っているからだろう。

「では客間で寝かせてくるので」

アシュリーを横抱きしたまま立ち去るクライドに、

「――今回は助かった。アシュリー嬢にもそう伝えてくれ」

と、後ろから国王の声が聞こえた。


客間の大きなベッドでアシュリーが目を覚ました。

枕元《まくらもと》で椅子《いす》に座り書物を読んでいたクライドは、アシュリーがベッドに上体を起こすのを手伝った。

「気分はどう？」

「……大丈夫《だいじょうぶ》です」

まだ先ほどのことが頭から抜《ぬ》けないのか、うつむいたまま消え入るような声を出す。いつもの元気がない。そして、

「自分からついていきたいと言ったのに、取り乱してしまってすみませんでした……」

「アシュリーが謝ることじゃないよ」

思っていたより大きな声が出た。けれどきちんと言っておかないといけない。

「悪いのは彼らだ。アシュリーが怒るのも当たり前だ。怒る気持ちが俺にはよくわかるよ」

アシュリーがじっと見つめてくる。その目に否定の光がないことをひどく嬉《うれ》しく思った。

クライドは微笑《ほほえ》んで続けた。

「魔国にいた頃《ころ》の黒狼がどんなだったか教えてよ。それにアシュリーだった黒ウサギのことや黒犬、それと黒狼が敬愛していた魔王のことも」

好きなことを思い出して話せば、少しは楽しい気持ちになってくれるのではないか。

大切な女性が落ち込んでいるのは嫌《いや》だ。ほんの少しでも元気になってくれたら、それだけでいい。

泣いた後の腫《は》れぼったい目をしばたたかせて、アシュリーが小さく口を開いた。

「……黒狼様はとても強くて気高くて、でも優《やさ》しくて」

「うん」

「……とてもおしゃれでした。バナナの葉を腰《こし》に巻いたり、鳥の羽根を頭に飾《かざ》ったり」

「へえ。でもわかるよ」

特注のマントや帽子《ぼうし》を身に着けてまんざらでもない様子でいた黒狼を思い出すと笑えてきた。

そんなクライドをアシュリーがじっと見つめる。

「魔王《まおう》様は最高に強くて全魔族の憧《あこが》れの対象でした。私も数回しかお姿を拝見したことはありませんでしたが、最高にかっこよかったです」

「へえ。魔王は人型だったんだろう？　男だよね？」

「はい。髪《かみ》が長くて背も高くてかっこよかったです」

「へえ。妬《や》けるね」

アシュリーの口からそんなことを言われると。

だがアシュリーはいぶかしげな顔をした。

「どうしてですか？　だって魔王様ですよ？」

「若い男の姿なんだろう？」

「はい。でも魔王様ですから」

でも、がどこに続くのかわからない。どうもアシュリーの中では次元が違《ちが》うようだ。

「黒犬さんたちは何かあればとても敏捷《びんしょう》に動くんですが、それ以外はのんびりおっとりしていましたね。そして仲間の黒ウサギたちは仲がよかったです。一匹で過ごすことももちろん多いんですが、仲間で連れだって旅行に出かけたり食べ物を探しに行ったりしました」

「旅行……？」

「はい。皆《みな》で一列に並んで」

一列に並んで目的地を目指す黒いウサギたち。想像すると、その光景はおかしい。

「食べ物を探しに行ったって……人参《にんじん》とか？」

「はい。人参を掘《ほ》りにいったり、苺《いちご》やブルーベリーを採りにいったり」

黒いウサギがわらわらと集まって人参を掘ったり、果物を摘《つ》んだりしていたのか。そしてわらわらと皆で食べたのだろう。その光景を想像すると、やはりどこかおかしい。

「黒狐《くろぎつね》たちは意地悪でした！　いつも追いかけてきたり、泥玉《どろだま》を投げてきたり。だから黒ウサギたちは皆嫌《きら》ってました！」

その時の様子を思い出したのか、ムッとした顔をする。

「へえ。それは嫌だね」

「本当ですよ！　それと黒狸《くろだぬき》さんたちは――」

いつの間にかアシュリーが生き生きとしている。よかった、いつものアシュリーだ。

楽しそうに話し続ける姿を、クライドは心の底から幸せに思い、微笑んで見つめた。

◆◆◆ ◆◆◆

朝から快晴である。アシュリーはマリベルとジャンヌと一緒に、王都の大通りにある菓《か》子《し》店にやってきた。

何でもパイが絶品だそうで、マリベルお勧《すす》めの店とのことだ。

『ミートパイが有名なんですけど、甘いお菓子系のパイもとても美味《おい》しいんです。それに形も可愛《かわい》くて、ウサギの顔形のパイが特に人気ですね』

その言葉にジャンヌが反応して、女子三人でくることになった。アシュリーは昨夜からずっと楽しみにしていたのだ。

「大きいお店ですねぇ」

菓子店というから露店《ろてん》に毛の生えたものを想像していたら全く違った。貴族御用達《ごようたし》のテーラーと見間違《みまちが》うほど立派な店構え。重々しい観音開きの扉《とびら》を開けて中に入ると、白い帽子とエプロンを着けた店員たちが出迎《でむか》えてくれた。

ガラスのショーケースの中にたくさんの種類のパイが並んでいて目を惹《ひ》く。

(苺に林檎《りんご》、イチジク。クルミや松の実も中に入ってるのね。あっ、あれがミートパイ。

一番人気と書いてあるわ。えっと、それと羊肉を使った、と書いてある！　ウサギの肉じゃない、よかったわ！）

これで悩《なや》むことは何もない。アシュリーは満面の笑みを浮《う》かべてマリベルに話しかけた。

「たくさんありますねえ。目移りします。あっ、ジャンヌさん、ウサギの形のパイがありましたよ！　長い耳がついてて可愛いですね！」

「最高です！　全《すべ》て買い占《し》めたいくらいです。そういえば私、前に違うお店のミートパイを食べたことがあります。ハンクからぶんどった——いえ、もらったもので、とても美味しかったんですよね。記憶の物と食べ比べしてみるのもいいですね」

「ここのミートパイも美味しいですよ。私は苺のパイがお気に入りです」

「そうなんですか。悩みますねえ！」

そこでマリベルから言われた。

「アシュリー様、実はお見せしたいものがあるのです」

すぐそこの大通り沿いに停まっているマリベルの馬車へ案内された。

「先日、宮殿《きゅうでん》から帰ってきたんです」

車内に大きな籠《かご》が置いてあり、その中ですやすやと寝息《ねいき》を立てていたのは——。

「ポルン！」

目や爪《つめ》の色もすっかり元通りになったポルンだった。

「無事に帰ってきてくれたのはアシュリー様のおかげです。本当にありがとうございました」

「私は何も……とにかく元気そうでよかったです！」

心の底からよかったと思うけれど、黒犬の特徴《とくちょう》を備えていないポルンは普通《ふつう》の小型犬である。親しみを感じるような苦手なような正直複雑な気持ちでいると、ポルンがゆっくりと目を開けた。

(吠《ほ》えられてしまうの!?)

これまでの苦い経験から思わず身構えると、不意にポルンが甘えるような声で鳴いた。

(えっ……鳴いた？)

勇気づけられておずおずと軽く握った右手を差し出すと、ポルンが指をそっと舐《な》めた。

「ポルン！」

今世で初めて犬と触《ふ》れ合えた。感激するアシュリーの横でマリベルが微笑んだ。

ポルンがまた眠《ねむ》ってしまったので御者《ぎょしゃ》に任せて、アシュリーたちはお菓子屋に戻《もど》った。

季節がいいので、店外のテーブルで選んだ紅茶とパイをいただく。店外も店内もたくさんの女性客でにぎわっている。

「美味しいですね！」

ポルンも帰ってきておまけに仲良くなれて、ただでさえ美味しいパイがさらに美味しい。

「本当に。そういえばここのパイを食べると、今一番やりたいことが上手《うま》くいくと言われていると耳にしました」

「そうなんですよ。よくご存じで」

マリベルが目を丸くしてジャンヌに聞く。

「ジャンヌさんの今一番やりたいことは何ですか？」

「そうですね。ウサギを愛《め》でることと、後は仕事……ですかね」

「仕事に生きる女性なんですね。かっこいいです」

ウサギに生きる女性かもしれないが。

アシュリーはクライドから聞いたことを思い出した。

「そういえばマリベル様、舞踏《ぶとう》会で一緒《いっしょ》になったマートン公爵《こうしゃく》家のご子息と仲良くなられたとか」

マリベルが嬉《うれ》しそうに微笑《ほほえ》む。

「ええ。あれから勇気を出して、母と一緒にマートン家の舞踏会に参加してみたんです。人と話すのが下手でもいいじゃないかと思って。そうしたらご長男のエルトリオ様が動物好きで、特にヤギがお好きだと知って話が弾《はず》んだんです」

「素敵《すてき》じゃありませんか！」

アシュリーとジャンヌの声が重なった。

「ありがとうございます。今度、エルトリオ様とディオリ教会へいくことになっています」

「ヤギのユーリを見にいくんですね！」

「ええ」

マリベルと微笑み合う。

犯人たちが捕《つか》まった後、老司祭の怪我《けが》もすっかりよくなり、アシュリーとマリベルは最後の家畜《かちく》の世話をしにいった。その時にトウダから言われたのだ。

『手伝いをしてくれて助かった。最初は絶対に許さないと思ったし、お嬢様《じょうさま》なんてすぐに逃《に》げ出すと思っていた。だけどあんたらはなかなか根性《こんじょう》のあるお嬢様だったよ』

相変わらずぶっきらぼうな言い方だったけれど、心は伝わった。

『またいつでも遊びにきていい。ヤギの搾《しぼ》りたてミルクを飲ませてやる』

『はい！　ぜひ！』

アシュリーはマリベルと笑って頷《うなず》いた。

トウダがアシュリーを見た。

『それと、前にあんたから聞かれたカスル模様の色あせたハンカチ。あれは俺のだ』

『本当ですか⁉　ああ、でもトウダさんはカスル出身なんですものね』

『幼い頃《ころ》に父とトルファへやってきたんだ。薬を作って捕まったあいつはその頃の友人だ。あいつと無邪気《むじゃき》に遊んでいた頃はまだ母が生きていた。あのハンカチは母の形見なんだ』

『そうだったんですか……』

だからあれほど色あせていても、大事に洗って干されていたのだ。

（ユーリ殿下《でんか》はトウダさんのことを悪役顔と言って最初は疑っていたけど、やっぱり人は見かけによらないものよね。そういえば結局ユーリ殿下だって噂《うわさ》通りじゃなかったわ）

教会で美女探しなんて一度もしていなかった。若くて綺麗《きれい》な女性たちが礼拝に訪《おとず》れていたが、見向きもしなかったではないか。

（ユーリ殿下にも少し慣れた気がする。普通に話せるようになったしね）


思い出し、進歩したなあと感慨《かんがい》にふけっているとマリベルから聞かれた。

「アシュリー様のやりたいことは何ですか？」

（やりたいこと――）


思い浮かんだのはクライドの顔だ。

黒狼《こくろう》が厩舎《きゅうしゃ》にいた時のことを思い出した。ブラッシング後、もふもふの毛に顔を埋《うず》めて幸せを感じていたアシュリーにクライドが言ったのだ。

『俺にも同じように、アシュリーのほうからいつでも抱《だ》き着いてきてくれていいよ。胸に顔を埋めてもらってもいいし』

思えば、クライドはアシュリーをよく抱きしめてくれるが逆はない。単純に恥《は》ずかしいし、クライドがしてくれるからそんな機会がなかった。

（……そうよね）

婚約者《こんやくしゃ》なのだ。だからクライドが願うのだとしたら――。

アシュリーは奮起した。

「私、クライド様に自分から抱き着いてみようと思います！」

その機会はすぐにやってきた。夕食後、いつものように応接室で向かい合っていると、

「ごめん。ちょっとだけいいかな？」

と、クライドが分厚い書類を読み始めたからである。真剣《しんけん》な顔だ。

「何の書類ですか？」

「んっ？　領地の東で橋の補強工事を行うんだ。アーガーソン川の中流にかかる橋脚の根元にひびが入っていてね。今すぐ崩《くず》れるというほどではないけど、あの橋は領民たちが使う主要な橋の一つだから補強工事の日にちをフェルナンと話し合っているんだ」

確かに、あの橋は大きくて人がたくさん渡《わた》る。

「クライド様の魔法《まほう》で直せないんですか？」

ふと思いついた。何せ黒狼を遠いフルト島まで送り届けられたほどだから。

クライドが苦笑《くしょう》した。

「それができれば一番いいけどね、さすがに橋を直すなんて現代の魔法ではできないよ」

「そうなんですね……」

残念だ。領民とクライドのためを思っての質問だと理解したからか、クライドがフッと笑った。そして再び書類に目を落とした。

そよそよと吹《ふ》き込む風が冷たくて心地《ここち》いい。室内は静かだ。窓の外で風が枝や葉を揺《ゆ》らす音と虫の声、そしてたまにページをめくる紙の擦《こす》れるかすかな音。

アシュリーはテーブルを挟《はさ》んで座るクライドをじっと見つめた。柔《やわ》らかそうな金の髪《かみ》に、伏《ふ》し目がちの鮮やかな緑色の目。長いまつ毛がかすかな陰影《いんえい》を落とす。

組んだ長い足に頬杖《ほおづえ》をつき、半ば前かがみになりながら書類を読んでいる。

（格好いいというか綺麗な方よね……）

決意を実行するなら今ではないか。そう思うと同時に、考えてみればこうしてじっくりとクライドを眺《なが》めたことはなかったなと思った。

ここへ来たばかりの頃は怖《こわ》くて姿を見ることすらできなかったし、それからもアシュリーが眺めるより前にクライドに引き寄せられたり逆に見つめられたりして落ち着かなくなったからだ。

王弟で侯爵《こうしゃく》家当主で、優《やさ》しくて頭がよくて落ち着いている綺麗な顔をした人。

（こんな方に私から抱き着くの……？）

改めて考えたら、とんでもないことをしようとしているのではないか。

いや婚約者《こんやくしゃ》なのだし、クライドは優しいから驚《おどろ》きはしても振《ふ》り払われることはないと思う。けれどいざ実際にクライドの前に立ち、クライドの視線を浴びながらその胸の中に飛び込むなんて大事ではないか。

(私にできるのかしら……？)

途方《とほう》もなく不安になってきた。

(いえ待って。今はクライド様は大事な書類を読んでいるわ。だから抱き着いたりしたら邪魔《じゃま》になるわよ。そうよ。今はやめておこう)

怖《お》じ気《け》づいたのを正当化していると自分でわかる。けれど勇気が出ないのだ。仕方ないではないか。

一人で葛藤《かっとう》していると、クライドがふと顔を上げた。

「どうかした？」

アシュリーはびっくりしたけれど、クライドはかすかに笑っていたから見つめる視線には前から気づいていたらしい。もちろんアシュリーが何に葛藤しているかまではわかっていないだろうが。

「いえ、なんでも……」

怖じ気づいてしまった自分が情けなくて、力なく首を横に振った。

「何だか元気がないように見えるけど、どうしたの？」

そんなアシュリーにクライドが心配そうに顔を曇《くも》らせる。

気がつくとクライドがすぐ隣《となり》にきていた。顔を上げた瞬間《しゅんかん》に抱き寄せられ、優しく髪を撫《な》でられる。

なぐさめてくれるのか。本当に優しい人だ。

クライドの腕《うで》の中は落ち着く。暗くなっていた心がゆっくりと波打つように明るさを取り戻《もど》していく。そんな感じだ。

アシュリーが落ち着いたのがわかったのか、クライドが微笑《ほほえ》んで頭にそっとキスを落とした。

(――違《ちが》うわ！)

何を抱きしめられて落ち着いているのだ。次はアシュリーのほうから抱き着こうと決意したのに。クライドに喜んでもらいたい。だから、

「あの……今はちょっと……」

と、クライドの胸を押し返していた。

拒否《きょひ》されたのは初めてのクライドが呆気《あっけ》に取られた顔をして、それでもスッと両手を引いた。

「どうしたの？」

心配そうに眉根《まゆね》を寄せるが、口にはできない。

「いいえ、何でもありません」

笑みを浮《う》かべて首を横に振るだけで精一杯《せいいっぱい》だ。

(大丈夫《だいじょうぶ》。次はもっと落ち着いて、淑女《しゅくじょ》らしく優雅《ゆうが》に品よく抱き着くのよ……!)

頭がいっぱいなアシュリーは、クライドに納得《なっとく》できない顔で見つめられていたことに気づかなかった。


後日、朝食を終えて二人で食堂を出た。

「クライド様、今日のご予定は?」

「これからアーガーソン川にかかる橋の補強工事の様子を見に行くよ」

アシュリーは特に予定はない。図書室へ行って、薄暗《うすぐら》い場所で寝《ね》そべって読書でもしようかと思っている。それなので、

(今かなと思ったんだけど)

例の、自分から抱き着こう作戦である。

(でもお忙《いそが》しいみたいだし、また今度にしよう)

けれどそれがクライドに対する思いやりよりも、恥ずかしさから躊躇《ちゅうちょ》しているだけだと

わかっていた。

(恥ずかしがっていては駄目《だめ》よ！　決めたでしょう)

自分にはっぱをかけた。そうだ、やるのだ。今だ！　と。

けれどやはり気になるのでおずおずと聞いてみる。

「クライド様、今はお忙しいですよね……？」

「何かあった？」

答えられるわけもない。

「あっ、いえ特に何か用事があるというわけではないので」

(やっぱりまた今度にしよう)

「行ってらっしゃいませ」

笑って見送ろうとしたが、やはりクライドは鋭《するど》い。アシュリーが何か用があると悟《さと》ったようだ。笑みを浮かべて、

「何？　アシュリーの用なら何でも大歓迎《だいかんげい》だよ」

(本当に優しい人だわ)

胸がじんとした。そして強く思う。やはり今だ。今しかない！　と。

「クライド様！」

決意のあまり、予想よりも大きな声が出た。

「――どうしたの？」

（あああ、私の馬鹿《ばか》……）

クライドが驚いているではないか。しかも若干《じゃっかん》引いているように見える。

（このまま抱《だ》き着くなんて無理でしょう!?）

甘い雰囲気《ふんいき》なんてどこにもない。欠片《かけら》すらも見当たらない。このまま甘えるようにクライドの胸に飛び込むなんて無理だ。下手したら、いくら優しいクライドといえど冷たい目で見られるかもしれない。そんなことになったらショックどころではない。

（次の機会にしよう、次は大声を出さず、さりげなく話を続けるようにしよう……）

すっかり意気消沈《いきしょうちん》してしまった。

「何でもありません……」

うつむきすごすごと廊下《ろうか》を進もうとした時、不意に後ろから手首をつかまれた。驚いて振り返ると、

「どうしたの？　何かあった？　悩《なや》み事なら言ってくれ。一緒《いっしょ》に解決したいから」

クライドの困惑《こんわく》した顔があった。

けれどアシュリーのほうから抱き着こうと思ったから、などと正直に理由を話せるわけがない。

（どうしよう？）

クライドの顔は明らかに答えを求めている。困って逡巡《しゅんじゅん》していると、手首を掴《つか》む手に力がこもった。急なことと悩んでいたせいで、いつも以上に驚いてしまった。

咄嗟《とっさ》につかまれた手首を外そうとして、自分のほうへ引っ張った。怯《おび》えた顔をしていたかもしれない。

クライドが狼狽《ろうばい》したようにサッと手を離《はな》した。

解放されたアシュリーはホッとしつつも、先ほど感じた至らなさを思い出してうつむいたまま早足で図書室へ向かった。

「俺、何かアシュリーを傷つけることをしたかな？」

朝食の席で突然《とつぜん》そう切り出された。意味がわからずスプーンを手に戸惑《とまど》うアシュリーに、クライドは困惑している。必死な様子だ。

「考えてみたんだけど心当たりがなくて。何か気に障《さわ》ることをしたなら言ってくれ。謝るし、直すから」

「何の話ですか？」

「……いや、俺が聞いてるんだけど」

本当に何の話かわからない。クライドが眉根を寄せた。

「ここ最近、少し様子がおかしいだろう。いつもと違う。しかも俺にだけだ。だから俺が気づかない間に何かアシュリーが怒《おこ》るようなことをしたのかと思って――」

「何も怒っていませんよ？」

首を傾《かし》げながらそう返してハッとした。もしかして例の、アシュリーから抱き着こう作戦か。自分では意識していなかったけれど、そのことに夢中で頭がいっぱいだったから少し様子がおかしかったかもしれない。

何て勘《かん》のいい、そしてよく気がつく人だろう。

（待って。まさか私から抱き着こうとしているのがばれたわけじゃないわよね!?）

そんなことまで気づかれていたら恥《は》ずかしさでどうにかなってしまう。すぐにでも土を掘《ほ》って全身で巣穴の中にもぐってしまいたい。

アシュリーは警戒《けいかい》してじっとクライドを見つめた。ばれているかどうか、今すぐ見極《みきわ》めないといけない。

真顔で見つめてくるアシュリーに、クライドも真剣《しんけん》な顔で視線を離さない。

朝日が差し込む明るい食堂で、二人が鬼気迫《ききせま》る顔で見つめ合う様子は明らかにおかしい。給仕をするメイドたちが顔を見合わせている。

いつもなら、これほど見つめられたらアシュリーは恥ずかしくてすぐに視線をそらしてしまう。けれど今は別だ。自分のしようとしていることがばれたとわかれば、それ以上の恥ずかしさに悶《もだ》えることになってしまう。

いつもと違《ちが》うアシュリーに、先に音を上げたのはクライドだ。当惑《とうわく》したように顔を曇《くも》らせ、視線をそらした。

(クライド様のこの顔は……ばれていないはずよ)

もしばれていたら、きっとクライドは楽しそうな笑みを浮かべて絶対に視線を外さないだろうから。そしていたたまれず逃《に》げようとするアシュリーを捕《つか》まえて、逃げられないようにその腕《うで》の中に抱《かか》え込むだろう。

(よし。ばれていないわ)

心の底から安堵《あんど》の息を吐《は》いた。

(でもばれないうちに早くしなくちゃ)

何せクライドは勘がいいから。特にアシュリーのことに関しては、と前に言っていたこともある。

何とかして自分から抱き着こうと改めて決意し、透《す》き通るコンソメスープを勢いよく口に運んだ。

――その前で、クライドが眉根を寄せて右手で髪《かみ》をくしゃくしゃと撫《な》でた。

「アシュリー、これをもらってくれないか?」

リボンのついた大きな箱の中には、胸元《むなもと》に宝石がちりばめられた豪華《ごうか》なドレスが入っていた。それに寝心地《ねごこち》のよさそうな薄《うす》い毛布も。

「綺麗《きれい》なドレスですね。それにこの毛布、とても肌触《はだざわ》りがいいです。ありがとうございます！」

「いいえ。喜んでもらえてよかった」

「でも私、誕生日ではありませんよ？」

何かの記念日というわけでもない。それにこの前もエメラルドのペンダントをもらったばかりなのに。

クライドが笑って言う。

「いいんだ。俺が贈《おく》りたかっただけだから」

早速《さっそく》ドレスを体に当ててみる。それから毛布にくるまってみた。とてもいい。最高だ。

「気に入ってもらえてよかった」

「はい、ありがとうございます」

満面の笑《え》みを向けると、クライドが安心したように笑った。室内を柔《やわ》らかな空気が包み込む。

（……もしかして今なんじゃないかしら？）

ふと思った。例の、自分から抱き着こう作戦である。婚約者《こんやくしゃ》からプレゼントを、しかも装飾品《そうしょくひん》という特別なものを贈ってもらったのだ。

何でもない時に自分から抱き着くのはハードルが高いけれど、今なら「嬉《うれ》しい！　感激！」と感謝をこめてクライドの胸に飛び込むなら何も不自然ではない。

（よおし、今よ。やるわよ！）

こくんと唾《つば》を飲み込んでアシュリーは腰《こし》を浮《う》かせた。しかし――。

（簡単じゃないわ！）

両手を広げてクライド目掛《めが》けて倒《たお》れこんだ――つもりが、そうはならなかった。

（嫌《いや》だ、どうして⁉）

頭の中ではクライドの腕の中にいるのに、実際は羞恥《しゅうち》とためらいから飛び込めずにいたのだ。つまり両手を広げたまま仁王《におう》立ちしていた。

（嘘《うそ》でしょう！　クライド様に気づかれてしまうわ。早くしないと）

頭は焦《あせ》るのにどうしても体が動かない。案の定、

「アシュリー……急に立ち上がってどうしたんだ？」

「……いえ、別に何も」

それ以外に答えようがない。がっつりと注目されている中、さりげなく甘えて抱き着くなんて芸当ができるわけがない。

「なんでもありません。ちょっと立ちたくなって」

「――そう」

探《さぐ》るような視線を浴びながら、アシュリーは再び腰を下ろした。

（ああ、私ったら、せっかくのチャンスを！　……いいえ、まだよ。諦《あきら》めては駄目《だめ》。もう一回挑戦《ちょうせん》するのよ）

座ったまま じっと機会をうかがう。しかしアシュリーの様子がいつも以上におかしいと気づいたクライドに注視されている。警戒心《けいかいしん》を持たれているのに抱《だ》き着くのは無理だ。しかもクライドの鋭《するど》い視線。一挙手一投足を見られている。

（うう――……）

焦るけれど諦めてはいけない。前世ウサギだった素早《すばや》さでサッと腰を上げてみた。途端《とたん》に、

「どうしたの？」

無理だった。

「……何でもありません」

「――そう」

（無理だわ。次にしよう……）

意気消沈《いきしょうちん》したアシュリーは大きく息を吐いて窓の外を見た。

最近、アシュリーの様子がおかしい。クライドは書斎《しょさい》の窓辺に立ち、ガラスの向こうに広がる芝生《しばふ》を見ながら思った。

いや、おかしいといえば前からおかしかった。けれどそこがアシュリーのいいところで、疲《つか》れた時に癒《いや》される部分である。だが今回はどこか違う。

（――俺にだけなんだよな）

ロザリーたちメイドには笑顔で接するし、フェルナンにもそうだ。ジャンヌとハンクがクッキーを持ってやってくると楽しそうに話している。

目が合うと顔を背《そむ》けたり嫌がったりするのは、クライドに対してだけだ。

（…………）

嫌な予感のようなものがじわじわと込み上げた。これではまるで以前と同じではないか。婚約してアシュリーがサージェント家へやってきたばかりの頃《ころ》と。

あの時はずっと怯《おび》えられていた――。

（でもなぜだ？）

あの頃はクライドが勇者の子孫だと思って怖《こわ》がっていたと知っている。けれど懸命《けんめい》に慣れようとしてくれてとても嬉しかった。そして実際に慣れてくれた。

クライドも宮殿《きゅうでん》でアシュリーに初めて会った時は婚約相手なんて誰《だれ》でもいいと思ったけれど、今ではアシュリー以外に考えられない。

だからこそ今の状況《じょうきょう》を考えると胸の内がもやもやするし、はっきり言って嫌だ。原因を突《つ》き止めて早急に改善したいのに、その原因がさっぱりわからない。

(勇者に対して怖いと思う気持ちが復活して避《さ》けられてるのかと思ったけど、贈ったペンダントはつけてくれているし)

エメラルドのペンダントは、アシュリーの首元に毎日ついている。それが嬉しくて、そこへ視線を落とすとアシュリーもわかるのだろう。にっこりと嬉しそうに微笑《ほほえ》んでくれる。

(だから俺を避けているというわけではないよな?)

心当たりがないけれど知らぬ間に傷つけてしまったのか。それならすぐに反省して謝るし、二度としないようにするのに。

しかしそう言っても『何もありませんよ』と、驚《おどろ》いた顔をされるだけなのでどうしようもない。

考えていると不安に苛《さいな》まれる。そんな自分に驚くばかりだ。

もう一度窓の外を見て、クライドは大きく息を吐《は》いた。

「アシュリー」

「はい？」

クライドに呼び止められた。妙《みょう》に低い声だなとは思ったけれど、クライドだとわかっていたので安心して振《ふ》り返る。

「昨日のことだけど――」

ぎくりとした。最近アシュリーの様子がおかしいと言われたことだ。クライドを避けているように見えるとも。

避けてはいない。むしろ抱き着こうと思っているのだから。けれどそんなこと口に出せないので何とか回避《かいひ》したのだ。

クライドは納得《なっとく》していない様子だったが、とりあえず話はそこで終わったので安心していた。それなのに――。

(全然、終わってなかったわ……。何とかしてまたごまかさないと)

嘘をついたりごまかしたりするのは苦手なのに。恐《おそ》る恐る顔を上げてギョッとした。

こちらを見るクライドは妙に冷ややかな目をしていた。

切羽詰《せっぱつ》まった表情にも見えるが、その中で緑色の目だけが冷たく静かな色をたたえている。まるで嵐《あらし》の前の静けさのような。

（クライド様、雰囲気《ふんいき》がいつもと違《ちが》うわ……）

いつも優しくておおらかにアシュリーを包み込んでくれるのに。

昨日の質問の答えが納得いっていないことはわかったが、どうしてこんな顔をするのかわからない。少し怖くすらある。

以前の勇者の子孫に対する命の心配からくる恐怖《きょうふ》ではなく、何が起こるのか、何をされるのかわからない恐怖だ。

思わず一歩後ずさると、クライドが一歩近づいてきた。恐怖が増す。さらに数歩後ずさると、クライドが同じように詰めてきた。

いや、クライドのほうが歩幅《ほはば》が大きいせいか、アシュリーが後ずさるたびにクライドとの距離《きょり》が近くなってしまう。

（どうしてなの!?　もしかして、わざと距離を詰めてきている……？）

なぜかそんな気がした。しかしクライドはこんなことをする人ではない。

それでも背中が壁《かべ》に当たってハッとした。逃《に》げ場がない。

クライドが勢いよく壁に右手をついた。アシュリーの顔のすぐ左横だ。

（えっ……？）

クライドの顔がすぐ目の前にある。しかも全く笑っていない。

冷ややかな視線が何を意味するのかわからず、動けない。

(駄目よ、逃げないと……！)

本能がそう告げている。アシュリーは空いている右側へ、夢中で抜《ぬ》け出そうとした。

しかしそれより早く右側にも左手を突かれた。

(挟《はさ》みこまれたわ――!!)

「はっ、離《はな》れてもらえませんか……？」

「嫌《いや》だ」

(……どうして!?)

恐怖で心臓の鼓動《こどう》が速くなる。薄手《うすで》のワンピースを心もとなく感じるのは初めてだ。

クライドが口を開いた。

「言いたいことがあるなら言ってくれないか？」

「……ありません」

この状況でそれ以外に言えない。

クライドが眉《まゆ》をひそめた。目の前で美形が不機嫌《ふきげん》を表すのは非常に怖い。けれど本当に言いたいことなんてないのだ。したいことはあるけれど。

クライドの視線は離れない。全力で逃げたいのに、左右どちらにも逃げられない。おまけに後ろは壁だ。

(まるで罠《わな》にかかったウサギの図じゃない⁉　いえ、もう人間だけど)

混乱しておかしなことばかり頭に浮《う》かぶ。怯えた顔でふるふると震《ふる》えるアシュリーを見《み》据《す》えていたクライドが、低い声で言った。

「俺に慣れてくれたんじゃなかったの？　これじゃまるで以前と同じだよ」

口調が暗い。

(以前？　ああ、ここへ来たばかりの頃のことね。勇者とクライド様を同一視していた頃のこと。……待って。もしかしてクライド様は私がまた怖がっていると思っていたの？)

そうか。そう勘違《かんちが》いしていたから、ここのところ様子がおかしかったのか。

(全く逆なのに……)

ようやく理由がわかった。申し訳なさと同時に愛《いと》しさが込み上げてきて胸の内がギュッと締《し》めつけられる。

このままでは駄目《だめ》だ。真逆なのだから。

クライドを好きだからこそ、自分から抱《だ》き着こうとしていたのだから。――ただそれが失敗続きだっただけで。

(そのことはちゃんと伝えないと！)

「クライド様――！」

恥《はじ》を忍《しの》んで顔を上げると、同時にクライドも言葉を発したところだった。

「だから、もう我慢《がまん》しないことにするよ」

（えっ？）

「だから」とは一体どこにかかるのだろう。そして「我慢」とは何のことだ？

出鼻をくじかれ、戸惑《とまど》いつつも考えていると、不意に壁についていたクライドの右手が離れた。

捕《つか》まったウサギのような心持ちでもあったから、解放されてホッとした。

しかし全く解放ではなかった。むしろ逆である。

強い力で腰《こし》を引き寄せられた。密着している。抱きしめられる時も密着しているけれど、いつもはドキドキしつつも安心できる。

それが今はいつもと違う強引《ごういん》さとクライドの表情からか、怖いという感情が先にきた。

いつもの、たまに意地悪を言いながらもアシュリーを気遣《きづか》うような優《やさ》しさに満ちている態度ではない。暗いというか、怖いほど真剣《しんけん》なのだ。

アシュリーがどう思おうと怖がろうと、絶対に自分の意志を通すという強い気持ちが感じられた。

（えっ？　ええっ……⁉）

声が出ない。体も固まってしまっている。いつもはアシュリーがそんな状態になると気遣って放してくれるのに、今日はそんなことは一切《いっさい》ない。

壁についていたもう片方の手で、アシュリーの髪《かみ》を撫《な》でる。いつもの労《いたわ》るような触《さわ》り方ではなく、もっときついというか強引というか、その先に進もうとしている触り方だ。

その手が頬《ほお》へ、首筋へと下り、そして鎖骨《さこつ》を撫でた。

怖《こわ》さと恥《は》ずかしさが混ざり、思わずビクッと体が震えた。

「待ってください！　待って！」

声を上げてクライドを押し返そうとするも、全く歯が立たない。

頬に手を添《そ》えられ、無理やりクライドのほうを見上げさせられた。

「待たないから」

(怖いわ――っ!!)

泣きたい。というより、確実に自分が涙目《なみだめ》になっているとわかる。怖くて体もふるふると震える。

「――何、その顔？」

「えっ……？」

「さらに俺をたまらなくさせようとしてるの？」

何のことかまるでわからない。それでもクライドの声はますます低くなっていくし、腰を抱き寄せる手にも力がこもっていく。表情もますます真剣というか凄《すご》みを帯びていっている。怖い。

（どうしてこんなことに？　私のほうから抱き着きたかっただけなのに……！）

婚約者《こんやくしゃ》だから。アシュリーもクライドを好きだと態度で示したかっただけなのに、なぜこんな状況《じょうきょう》に陥《おちい》ってしまったのか。

クライドの唇《くちびる》を頬に感じた。これまでも同じところにキスはされたけれど、挨拶《あいさつ》のような優しいものだった。

けれど今は違う。背筋がぞくりとした。全力で逃げようとするも、やはりクライドの体はびくともしない。

「本当に、本当に待ってください！　違うんです。違います！」

「――違う？　何が？」

低く抑《おさ》えた声が耳元で聞こえた。同時に、耳にキスをされてまたも体が震えた。

いつものクライドではないから怖い。嫌だと言っても聞いてくれないような、何をされるのかわからない暗い強引さを感じる。

（駄目、限界だわ――っ！）

「抱き着こうと……私からクライド様に抱き着こうと思っただけです――っ!!」

精一杯《せいいっぱい》声を上げると、体は離してもらえないまでも唇が耳から離れた。

とうとう言ってしまった。焦《あせ》りと恥ずかしさでいっぱいだが何とか言葉を絞《しぼ》り出す。

「黒狼様《こくろう》にしたように自分にも抱き着いていいよと、前にクライド様がおっしゃっていたので！　クライド様に抱きしめられると安心するんです。ですがいつもクライド様からで、私からはしたことがなかったので、それで頑張《がんば》って抱き着いてみようと思っただけなんです！　でも、いざそうしようとすると恥ずかしくてなかなかできなくて……！」

口に出したら恥ずかしさが倍増した。まるで罰《ばつ》ゲームである。

（ああ、何回もチャンスがあったのに。私がちゃんと上手《うま》く抱き着けていれば、こんなことにはならなかったのに！）

今すぐ、薄暗《うすぐら》くて狭《せま》い場所で毛布をかぶって隠《かく》れてしまいたい。

「俺に抱き着こうと――？」

クライドが呆気《あっけ》に取られた顔でつぶやいた。いつの間にか唇が耳から離れて、腰を引き寄せていた手も緩《ゆる》まっている。

（今だわ！）

我慢できそうにない羞恥《しゅうち》から、急いでクライドから離れようとした。

しかしクライドはよほど驚《おどろ》いて見えるのに、アシュリーが逃げようとした瞬間《しゅんかん》、反射的なのか腰に添えた手に力をこめたらしい。

結果的にそこで押さえられ、アシュリーは逃げられなくなってしまった。

「アシュリーのほうから抱き着こうとしていただけ……？　あの奇妙《きみょう》な行動も、訳のわからない体勢も、おかしな返答もそのせい？」

よほどびっくりしているのか矢継《やつ》ぎ早に言葉を紡《つむ》ぐ。そして言い方が失礼である。

「私、そんなにおかしかったですか……？」

何しろ夢中だったからよくわからない。

だがクライドはそれには答えずに、

「――なんだ」

と、安堵《あんど》したように肩《かた》を下ろした。

アシュリーから手を離《はな》し、自分の金の髪をくしゃくしゃと撫でた。

「なんだ、そうか……よかった」

心底安心したように笑った。

（いつものクライド様だわ……）

アシュリーも泣きたいくらいホッとした。

「ごめんね。驚いただろう」

クライドは金の髪をぐしゃぐしゃと強く掻《か》き回している。めずらしく自信をなくしたようにしゅんとして、まるで自分を罰しているようにすら見える。

思わずクライドの服の袖《そで》を引っ張っていた。

「そんな悲しそうな顔をしないでください……！」

クライドには笑っていて欲しい。とても大切な人だから。

クライドが目を見張った。そして、

「ありがとう。アシュリーの気持ちが嬉《うれ》しいよ」

ゆっくりと微笑《ほほえ》んだ。

自分たちの間に穏《おだ》やかな空気が流れるのを感じた。

そこでクライドが口を開く。

「でも、結局成功できなかったということだよね？　だって俺、抱《だ》き着かれていないし」

「……そうですね」

意地悪なクライドが復活してしまった。そして痛いところを突《つ》かれた。

だが全《すべ》てがばれてしまった今、自分から抱き着くなんてもうできない。クライドがわかっている上でその胸に飛び込むなんて、羞恥から爆発《ばくはつ》してしまいそうだ。

(結局できなかったのよね……)

簡単なことだろうに自分が情けない。落ち込んでしゅんと肩を落としていると、

「アシュリー」

と、呼びかけられた。優しい声音《こわね》だ。驚いて顔を上げると。クライドが包み込むような笑みを浮《う》かべていた。そして両手を広げて、

「おいで」

(私から上手く抱き着かせようとしてくれてるんだわ……)

ああ、クライドだ。安心と喜びで胸がいっぱいになった。

(これならできそうな気がする!)

よおしと決意して、勇気を出してクライドの胸に飛び込んだ。

「グッ……!」

途端《とたん》にクライドがつぶれたような声を上げて咳《せ》き込む。

決意のあまり勢いがつき過ぎて、抱き着いたというよりは力いっぱいクライドの胸にぶつかった。そんな感じだ。

(あああ、私の馬鹿《ばか》!)

「すっ、すみません……」

せっかくクライドがお膳立《ぜんだ》てしてくれたというのに、どうしてこう上手くできないのか。

情けなさでいっぱいになるアシュリーにクライドが聞く。

「実は、ハグじゃなくて攻撃《こうげき》? ウサギの頭突《ずつ》きのような?」

「……違《ちが》います」

ハグである。宣言通り、抱き着いただけだ。

(どうしてもっとこう淑女《しゅくじょ》らしく、品よく優雅《ゆうが》にできないのかしら?)

思わず遠くを見つめるアシュリーに、クライドの楽しそうな笑い声が聞こえた。

(笑われてるわ。当たり前よね)

ただ抱き着くだけなのに上手くできない。情けない。元々自分にあまり自信はないけれど、さらになくなってしまった。

「ひゃああっ……!?」

突然《とつぜん》、強く抱きしめられて驚いた。

クライドは全身をかけて抱きしめている。そんな感じだ。

先ほどの暗い怖《こわ》さはみじんもなく、だが同じように絶対に離さないという強い意志を感じた。

驚きつつも嬉しい。そっと目を閉じると、頭のすぐ上から笑みを含《ふく》んだ声が降ってきた。

「アシュリー、可愛《かわい》過ぎるんだけど」

「……いや、笑ってますよね!?」

小さく笑い声が聞こえる。髪《かみ》に口元を埋《うず》められているためくすぐったい。

それでもそんなことを言われたら、ない自信も湧《わ》いてくる気がした。

「嫌《きら》われていなくてよかった……」

クライドのつぶやきが聞こえた。頼《たよ》りない声音に愛《いと》しさが込み上げた。

力いっぱい抱きしめ返すと、ますます強く抱きしめられる。

そして、

「これほど余裕《よゆう》をなくすなんて思ってもみなかった。こんなのアシュリーくらいだ。よっぽど離したくないんだと改めて自覚したよ」

そんなことを言われたら、恥《は》ずかしくてとても顔を上げられない。だから顔を埋めたまま言った。

「でもいつものクライド様に戻《もど》ってよかったです」

本当によかった。

「うーん、ごめんね。安心してるところ悪いけど、これだけが本当の俺じゃないから」

思いがけない言葉にはじかれたように顔を上げると、

「さっき怖がらせて悪かったけど、あれも俺だよ。むしろあっちが本心かもしれない」

「……えっ？」

「でも今はこれ以上踏《ふ》み越《こ》えないように、頑張って我慢《がまん》するから安心して」

(安心……とは？)

思ってもみないカミングアウトに混乱した。

「結婚《けっこん》するまではね」

思わず顔が赤くなるアシュリーの唇《くちびる》に、クライドが微笑んでキスをした。

〈番外編〉 その後の黒狼

（いい朝だな）

目を覚ました黒狼《こくろう》は微笑んだ。朝日が海を照らし、水面《みなも》が輝《かがや》いている。

ここはトルファ国領フルト島の西側、海岸沿いの崖《がけ》にある小さな洞窟《どうくつ》だ。六百年前は崖沿いでももっと開けた広いくぼみだった気がするが、長年の風雨で地形が変わったらしい。

それでもここは間違《まちが》いなく魔王《まおう》の生まれた場所である。

五日前にクライドの転移魔法でここに送ってもらった。

体はもう自由に動かない。前足を動かすのさえ億劫《おっくう》でたまらないし、食欲《しょくよく》もない。残り数日の命だろうと自分でわかる。

けれど心はとても穏やかだ。もうすぐ魔王様に——魔王様の魂《たましい》にまた会えるのだから。

（静かだ……）

規則正しい波の音と、時折小さな獣《けもの》の鳴き声が小さく聞こえるだけだ。

五日前まで周囲はとてもにぎやかだった。アシュリーにクライド、それにハンクとジャンヌの話し声と笑い声が響《ひび》いていた。

崖の上は深い森になっている。フルト島はほとんどが未開の土地で、ここと反対側の東の海岸沿いに小さな漁村がぽつぽつとあるだけだ。誰《だれ》かに見つかる心配もない。

四人のことを懐《なつ》かしく思い出しながら、このままこの静かな場所で命を終えるのだ。そう思っていたのに――。

洞窟の入口で鳥の羽ばたきの音がした。優雅に飛ぶ音ではなく、バタバタと明らかにここにいるよと気づいて欲しい音だ。

（またか……）

呆《あき》れながらゆっくり頭を持ち上げると、顔から首元がオレンジ色のコマドリが四羽、パタパタと羽を動かしていた。

（また来たんだな……）

五日前に魔法陣でここに送られるとすぐに、地面に横たわる一羽のコマドリを見つけた。嵐《あらし》でも吹《ふ》いたのか、右の羽の先に石がのってしまい動けないでいた。石は黒狼の片目ほどの大きさしかなかったが、体長十五センチほどのコマドリからしたら重い障害物だ。疲弊《ひへい》してピルピル……と力ない鳴き声を上げていたが、突然現れた黒狼を見て目を剝《む》いた。

鋭《するど》い牙《きば》と爪《つめ》を持つ獰猛《どうもう》な狼《おおかみ》が音もなく目の前に現れたのだから、当然である。しかもコマドリ自身は動けないのだ。

なぜ現れたかなんて疑問は恐怖《きょうふ》の前に吹き飛んだようで、コマドリは左の羽を全力でばたつかせて、ビービー！　と悲鳴のような鳴き声を上げながら必死に逃《に》げようとしていた。

驚《おどろ》いたのは黒狼もだが、すでに寿命《じゅみょう》は近く食欲もない。コマドリを食べる気はない。ゆっくり近づくも、コマドリはまるで死刑《しけい》宣告を受けたように鳴きわめいていた。

黒狼は顔を近づけて、鼻先でその石を退《ど》けてやった。

瞬間《しゅんかん》、コマドリが飛び立った。怪我《けが》はしていないようだ。よかった。

黒狼は周りを見渡《みわた》した。だいぶ変わっているけれど、ここはまさに魔王様の生まれた地だ。感慨《かんがい》深く、その場に寝《ね》そべった。

もう体力も残っていない。それでも最期《さいご》にここに来られた自分は幸せだと思った。あの者たちのおかげだなと微笑《ほほえ》んで眠《ねむ》りについた。

その翌日、洞窟の入口でバサバサと羽ばたく音がした。なんだろうと思い顔を上げると、そこには昨日助けたコマドリの姿があった。口にブラックベリーの実をくわえている。

恐《おそ》る恐るといった感じで近づいてくると、洞窟の入口にそっとブラックベリーを落として一目散に飛び立った。

(なんだ？)

呆気《あっけ》にとられた後で、ようやく昨日の礼なのだとわかった。

（そんなことしなくていいのに）

義理堅《ぎりがた》いなと感心した。助けられた恩を返そうとする姿と、恐る恐るといった感じで震《ふる》えながら近づいてくる姿が、懐かしい二人を彷彿《ほうふつ》とさせる。

気がつくと思わず微笑んでいた。

けれど起きているだけで体力の消耗《しょうもう》が激しいようで、いつの間にか眠っていた。目を覚ますと朝日が昇《のぼ》っていて、洞窟の入口からまたも羽ばたきの音がした。しかも――。

（――増えている⁉）

衝撃《しょうげき》だ。コマドリが二羽になっていた。右側は助けたコマドリだが、左側は誰だ。呆気にとられる黒狼に、二羽は口にくわえていたカタツムリを置いた。気のせいか昨日より黒狼に近づいてきている。

『いらない』

黒狼は素っ気なく告げた。

『礼だということはわかったが、食欲がないんだ。もういらないよ』

こんなことは必要ないと思いをこめて。

コマドリたちは顔を見合わせた。そして頭を大きく縦に振《ふ》ると飛び立っていった。伝わったようだと安心した。だがその翌日――。

バサバサ。

（まさか……）

勢いよく顔を上げると、そこにはやはりコマドリの姿があった。しかも今度は三羽いる。

（また増えた……!!）

家族なのか友達なのか、見た目は全く同じのコマドリが三羽並んで羽ばたいている。そしてくちばしには――。

『いらないと言っただろう』

気持ちはありがたいが本当にいらないのだ。少々強めに言うと、コマドリたちは顔を見合わせて――またもくわえていたものを黒狼の前に置いた。

今度はさくらんぼの実だ。熟す前で少々固そうではあるが、どうぞと言いたげに黒狼の顔の前までくちばしで持ってくる。やはり伝わっていなかったらしい。

『俺はいらない。お前たちで食え』

今度は怖《こわ》い顔をしてみた。コマドリたちはまたも顔を見合わせて、そして一様に首を傾《かし》げた。そして飛び立っていった。

『おい待て！　これを持っていけ！』

昨日のカタツムリは自力で逃げて行ったけれど、一昨日《おととい》のブラックベリーはまだ残っている。

三粒《つぶ》のさくらんぼの実と残された黒狼はため息をついて、そして思った。

（まさか明日《あす》は四羽になってないだろうな……？）

その懸念《けねん》は当たった。次の日は四羽に増えていた。四羽とも桑《くわ》の実をくわえて。

まさかこのままどんどん増えるのではと考えてさすがに恐ろしくなった。コマドリの大群で空が埋《う》め尽《つ》くされたらどうしよう。

だが幸いにも四羽からは増えなかった。

しかしその次の日も四羽は一緒《いっしょ》にやって来て、くわえたものを置いていく。

（仲間……なんだろうな）

黒狼の顔の前で右往左往している四羽のコマドリを見ながら考えた。

コマドリたちは四羽とも同じ大きさだから家族ではなさそうだし。

彼らはしばらく入口辺りを飛び回っていたが、そのうち二羽がピーピー鳴きながら激しく羽をバタバタさせ合った。

（喧嘩《けんか》か？　あの魔術師たちみたいだな）

よく口喧嘩をしていたものだ。それでも黒狼と別れる時、笑顔を向けてくれた。心の中では泣いているのだろうなとわかる笑顔だったけれど……。

そしてここに来て七日目、今日はスグリの実だ。

半透明《はんとうめい》の赤や白色の実を黒狼の鼻先に置いて、四羽は洞窟《どうくつ》内を散策している。

散策と言っても黒狼《こくろう》の体でほぼ半分を占《し》める狭《せま》い洞窟内で見るものなどないだろうが、黒狼が自分たちを襲《おそ》わないとわかったようでのんびりとくつろいでいるように見える。

(本当にあの者たちみたいだな)

元気でいるだろうか。目を閉じると厩舎《きゅうしゃ》でのにぎやかな様子が鮮《あざ》やかに浮《う》かんだ。

特注のマントと帽子《ぼうし》、靴下《くつした》がとても嬉《うれ》しくて、我慢《がまん》できずに早々に身に着けた黒狼に、

『素敵《すてき》ですよ、黒狼様！　最高です！』

顔を輝《かがや》かせたアシュリーが周りをぐるぐると回っていた。

『いいじゃないっすか。やっぱ俺の頼《たの》んだ帽子がいい味を出しているんすよね』

『ええ、本当に似合っているわ。でも私の頼んだ靴下がいいのよ。クライド様、どうですか？』

『最初はどうなることかと思ったけど、思いのほか似合っているな。特にマントがいい』

それぞれ自分が頼んだものを自慢《じまん》し合いながらも、着飾《きかざ》った黒狼を見て目を細めていた。

(魔王様《まおうさま》がお迎《むか》えに来てくださったら、これを見せないとな)

腹の下に大事に持っているマントと帽子と靴下を見て、黒狼は微笑んだ。

(あの者たちのことも話さないといけないし。なかなか忙《いそが》しいな)

かつての敵国の人間たちだから嫌《いや》がるだろうか。けれどアシュリーの前世は魔族の黒ウ

サギだ。きっと魔王様も懐《なつ》かしく思ってくださる。

ああ、でも待て。クライドは勇者の子孫だ。魔王様を討《う》った勇者だぞ。けれど黒狼を――魔王の部下を王家に楯突《たてつ》いてまで守ってくれたとわかれば、大丈夫《だいじょうぶ》かもしれない。――いや、念のためにクライドのことを話すのは最後にしよう。

それにあの魔術師たち。黙《だま》っていたが、口喧嘩の後は馬房《ばぼう》を掃除《そうじ》する手つきが乱暴で、眠る黒狼によく水しぶきが飛んできたものだ。それも全身にだ。言ってやればよかったな。

それなのにアシュリーが来てからは、三人とも人が変わったように楽しそうだった。アシュリーは黒狼に向けていたあの嬉しそうな笑顔をクライドに向けているだろうか。

思い出すと心が浮き立つ。穏《おだ》やかな喜びに包まれていたせいか、自身の体がひっそりと動かなくなったことに気づかなかった。

不意に辺りが光に包まれた。どこまでも黒い、けれど懐かしい光。光の先にたたずんで笑みを浮かべているのは――。

（魔王様……!!）

黒く長い髪《かみ》に立派な角。強靭《きょうじん》な肉体。なんとしてももう一度お会いしたかった方が、すぐそこにいる。

魔王が黒狼を見て、そして手招きをした。

夢のようだ。黒狼は泣きそうになりながら、ゆっくりとそこへ歩いて行った。

ピルピル。コマドリたちはくわえてきた花を、黒狼の顔の前に置いた。

すでに息をしていないが、黒狼の顔は微笑《ほほえ》んでいるように見える。全《すべ》ての望みを叶《かな》えて満足そうに。

赤にピンク、黄色に青の小さな花が、微笑む黒狼の鼻先で風に揺《ゆ》れた。

あとがき

この度は『王弟殿下《おうていでんか》のお気に入り2　転生しても天敵から逃《に》げられないようです!?』をお手に取っていただき、誠《まこと》にありがとうございます。新山《にいやま》サホです。

こうして二巻が出せたのも、読んでいただいた皆様《みなさま》のおかげです。本当にありがとうございます。

さて本作ですが、前作よりもアシュリーとクライドの関係が進んでいます。前作の最後で想《おも》い合う関係へと変わり、さらに二人の距離《きょり》が縮まって婚約者《こんやくしゃ》らしくなりました。

アシュリーのウサギっぷりも健在です。ヤギや小型犬といった動物が作中に出てきますが、ウサギっぽいアシュリーに対してどういう反応を示すのだろう？　と考えるのがとても楽しかったです。

そして小動物つながりで、前作のあとがきにもちらっと書かせてもらいましたが、私はハムスターを飼っています。キンクマハムスターという種類で体が大きめ。

そのせいか手足の力が強く、夜中によくケージの網《あみ》を押し上げて脱走《だっそう》します……。部屋に置いてある観葉植物の土を掘《ほ》ったり、棚《たな》に入っている紙を噛《か》みちぎっていったりと自由にしているようです。

朝起きた私は、無残なそれらを見つけて「ああ、またやった！」と頭を抱《かか》えるのですが、あのつぶらな目で見つめられると許してしまうんですよね。

小動物って本当に可愛《かわい》いなと思います。

イラストは前巻と同じくｃｏｍｅｔ《コメット》先生です。美麗なイラストは見ているだけでも楽しいので、とても嬉しいです。

最後になりましたが、本作をお手に取っていただき読んでくださった皆様に、深くお礼申し上げます。

ほんの少しでも楽しいと思っていただけたなら、これほど嬉《うれ》しいことはありません。本当にありがとうございました。

新山サホ

「王弟殿下のお気に入り2 転生しても天敵から逃げられないようです!?」の感想をお寄せください。
おたよりのあて先
〒102-8177 東京都千代田区富士見2-13-3
株式会社KADOKAWA 角川ビーンズ文庫編集部気付
「新山サホ」先生・「comet」先生
また、編集部へのご意見ご希望は、同じ住所で「ビーンズ文庫編集部」
までお寄せください。

王弟殿下《おうていでんか》のお気《き》に入《い》り2

転生《てんせい》しても天敵《てんてき》から逃《に》げられないようです!?

新山《にいやま》サホ

角川ビーンズ文庫 23530

令和5年2月1日 初版発行

発行者———山下直久
発 行———株式会社KADOKAWA
〒102-8177 東京都千代田区富士見2-13-3
電話 0570-002-301(ナビダイヤル)
印刷所———株式会社暁印刷
製本所———本間製本株式会社
装幀者———micro fish

ISBN978-4-04-112994-4 C0193 定価はカバーに表示してあります。 ◇◇◇

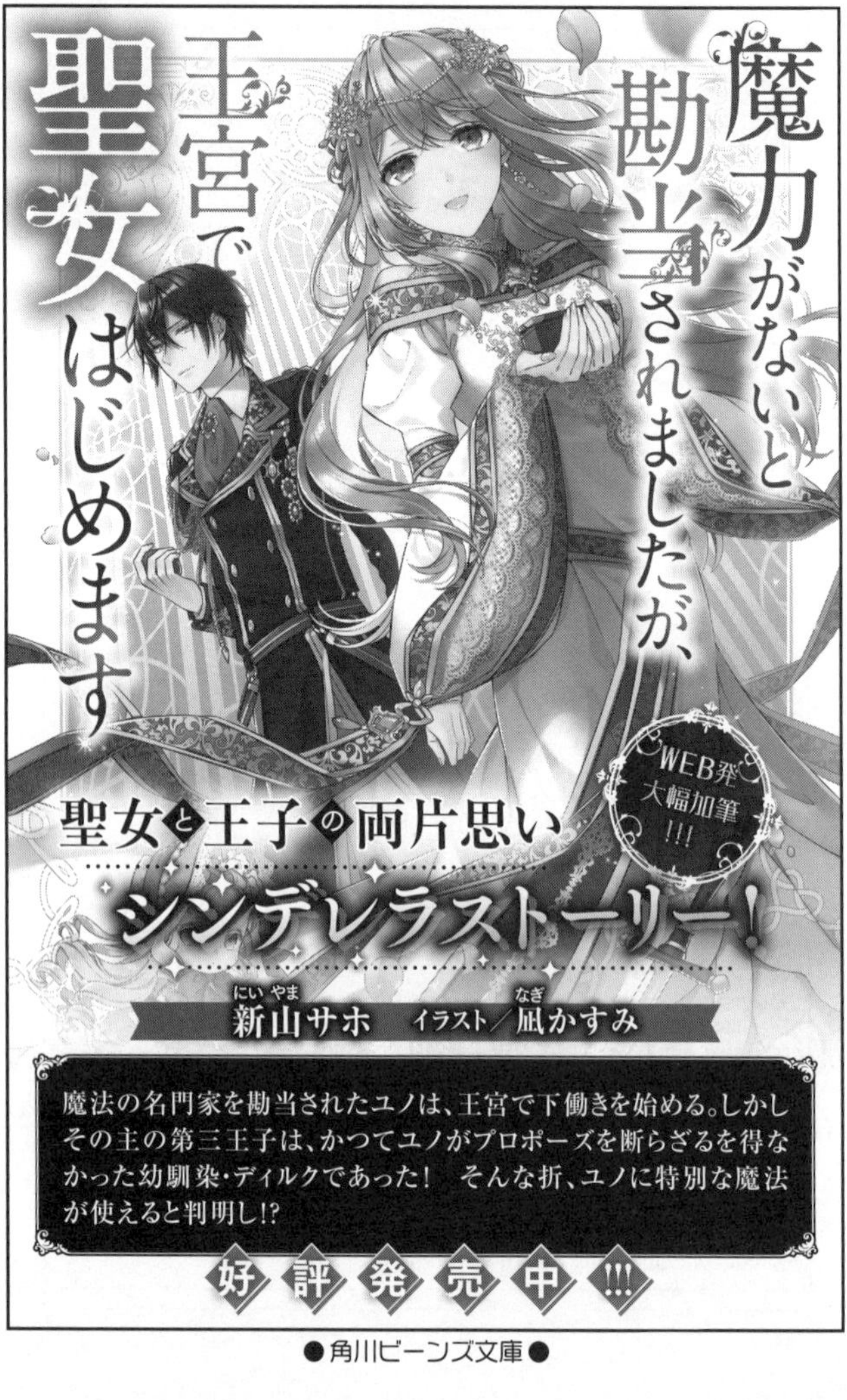

魔力がないと勘当されましたが、
王宮で
聖女はじめます
WEB発
大幅加筆
!!!
聖女と王子の両片思い
シンデレラストーリー!
新《にい》山《やま》サホ　イラスト／凪《なぎ》かすみ
魔法の名門家を勘当されたユノは、王宮で下働きを始める。しかしその主の第三王子は、かつてユノがプロポーズを断らざるを得なかった幼馴染・ディルクであった！　そんな折、ユノに特別な魔法が使えると判明し!?
好評発売中!!!

●角川ビーンズ文庫●

広報部出身の悪役令嬢ですが、無表情な王子が
「君を手放したくない」と言い出しました
著／宮之《みやの》みやこ
イラスト／黒崎《くろさき》
悪役令嬢大本命！
広報スキルで
愛する人と幸せになります！
第7回カクヨムWeb小説コンテスト
恋愛（ラブロマンス）部門
大賞＆ComicWalker漫画賞
W受賞

角川ビーンズ小説大賞
原稿募集中！
君の"物語"がここから始まる！
角川ビーンズ小説大賞がパワーアップ！
https://beans.kadokawa.co.jp
詳細は公式サイトでチェック!!!
【一般部門】&【WEBテーマ部門】
賞金 大賞100万円 優秀賞30万円 他副賞
締切 3月31日
発表 9月発表(予定)
イラスト／紫　真依